いつ？何時何分何秒？地球が何回まわったとき？

おとぎカンパニー

+++★+++

What second? Tamaru Masatomo Otogi Company When? What time? What minute?

田丸雅智

光文社

いつ？　何時何分何秒？
地球が何回まわったとき？

おとぎカンパニー

Contents

目次

装幀　bookwall

装画・本文イラスト　usi

第一話

へそのお宝

雷が鳴ったらへそを隠せ

「へそだ。私がターゲットとしているのはな」

面と向かってそう言われたとき、おれは正直なところ相手の正気を疑った。

その相手――保祖上《ほぞがみ》と出会ったのは、ネット番組の企画でだった。勤め先のプロダクションがその番組を担当していて、おれは新シリーズ制作の打合せのために保祖上のもとを訪れた。

企画の大筋はトレジャーハンターを追うというもので、番組ではこれまで、埋蔵金の発掘を夢見る人や、財宝を積んだ沈没船を探す人などに密着してきた。保祖上にたどりついたのは、その関係者からの紹介だった。

――もう四〇年近く、おもしろいものを追いつづけている男がいましてね。

そう聞いただけで詳細を伺わないまま自宅にお邪魔し、おれは保祖上が追っているというものについて尋ねてみた。直後にあったのが「へそだ」という返答で、まともにとりあってよいものか途方に暮れた。

「あんた、まったくピンと来ていないね？」

ズバリ見抜かれたじろいでいると、保祖上は結んだ銀髪を揺らしながらカッカと笑った。

「あんたは、もう少し顔に出ないよう意識をしたほうがいい。まあ、それはそれとして、待っていなさい」

保祖上は席を外してどこかに消えて、しばらくすると戻ってきた。大切そうに抱えていたのは宝石でも入っていそうな革張りの箱で、保祖上はテーブルに置くとゆっくり開いた。

瞬間、おれは目を見開いた。

入っていたのは、くるみボタンのような形をした、たくさんの薄だいだい色のものだった。どれも真ん中に縦長や横長のくぼみ、あるいはでっぱりがあって、のぞきこむと何本かの筋が見えた。

へそだ、とおれは思った。

それも、生身の人間のそれのようで、触れれば体温まで感じられそうな印象だった。

「ははっ、体温が感じられそうだとでも思ったかな？　それなら、感じられるぞ。生きているのと同然だからな。もっとも、へその持ち主はとうの昔にこの世を去っているわけだが」

「あの、これはどういうものなんですか……!?」

おれは前のめりで聞いていた。へそはただならぬ気配を放っていて、ギミックなどでないこ

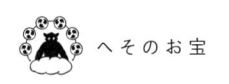

とは直感的に明らかだった。

「ようやく顔つきが変わったな。よし、教えてやろう。が、その前に」

保祖上は箱のふたを閉めてから、言葉を重ねた。

「雷《かみなり》様に見つからないようにしておかねばな」

「雷様、ですか……？」

「ああ、へそが大好物なものでな。今は晴れているが、油断はならん。が、こうしておけば基本的には大丈夫だ」

再びポカンとしていたとき、ある言葉が不意によぎった。それは小さい頃に祖母がよく言っていたもので、おれは気づけばこう口にしていた。

「雷が鳴ったら、へそを隠せ……」

すると、保祖上はニヤリと笑った。

「なんだ、分かってるじゃないか」

「あっ、いえ、なんとなく浮かんできただけで……」

「いま見せたへそはな、あんたも知るその言葉の通り、もともとは隠されていたものなんだ。雷の音を耳にした者たちが、みずから取りだしてな」

困惑するおれに、保祖上は語りはじめる。

雷様というのは言わずと知れた雷を司《つかさど》る神であり、姿かたちは想像の域を出ないものの、昔から天で暮らしている存在だという。

その雷様は古来、人間のへそを好んで食してきた。へそは気力が生まれる場所で、気力はじつに美味だからだ。雷様は人間からへそを奪ってくると口に含んでガムのように嚙《か》んで味わい、やがて気力が尽きると吐き捨てる。そうして、また気まぐれに次のへそを奪いにいく。

へそを取られた人間は新たに気力を生むことができなくなって、内に残る気力をただただ消耗《しょうもう》するばかりになる。結果、どんどん無気力な人間となっていき、最後は命を落としてしまう。

そんな状況に、人々は長いあいだ泣き寝入りせざるを得なかった。

しかし、呪術や医学を組み合わせ、ついにあらがう術《すべ》が生みだされた。それがへそを安全に取りだす方法で、以来、人々は雷が鳴るとみずからへそを取りだして、雷様が去っていくまで見つかりづらい場所に隠しておくようになった。

ある者は、簞笥《たんす》の奥にしまったり。ある者は、甕《かめ》の底に沈めたり。ある者は、床下や木の根元を掘って埋めたり。

それでも、雷様は隠すのが遅れた者のへそや、隠し方の甘いへそを目ざとく見つけ、青白い閃光《せんこう》となり一瞬にして奪い去っていくこともあった。が、被害は著しく減り、人々は過剰に恐れることもなくなって、雷様をやり過ごしたあとでへそを回収してまた平穏な日常を取り戻せるようになった。

一方、そうして隠したへそが、雷様に奪われる以外の形で持ち主のもとに戻らない場合もあった。

たとえば、激しい雷雨で隠し場所が流れたり崩れたりし、へその行方《ゆくえ》が分からなくなるケース。恨みを抱く者が隠し場所をひそかに暴き、別の場所にへそを勝手に移すケース。

へそを失《な》くした者は、無念ながら遅かれ早かれ命を落とす。そして、へそだけがどこかで眠りつづけることとなる——。

「私が狙ってきたのは、各地に隠され残された、そういうへそでね」

保祖上はつづける。

「狙うといっても、言うまでもなく隠されたへそをやみくもに探しても永遠に見つかりはしない。ゆえに、最初は文献で当たりをつけるところからはじめるわけだ。たとえば、どこどこに埋めたはずのへそが流されて紛失した……そうつづられた手記が見つかったとしよう。私はまずその信憑性《しんぴょうせい》をあらゆる角度から検証し、どうもたしからしいと分かったあとで現地に赴《おもむ》き、候補の場所を地道に掘っていくという具合だな」

もちろん、と保祖上は言った。

「空振りに終わることのほうが圧倒的に多い。元の情報が誤りであったり、当たりをつけたところが誤りであったり、あるいは誰かが発掘したあとだったりな。それらを乗り越え入手したのが、先ほどのへそだ。ただし、へそをさらしたままにしておくと、雷様がすぐに感知して奪いに来る。その事態を避けるため、日頃はこの、気力を封じる素材でできた絶縁性の箱に入れて管理をしている」

おれはというと、完全に圧倒されていた。

話の内容は、本来ならば伝説を聞かされているのと何も変わらないはずだった。が、へその実物を見たことに加え、保祖上の語りにも凄《すご》みがあり、おのずと信じている自分がいた。

だからこそ、この話題をぶつけないわけにはいかなかった。

「あの、へその価値というのは、どれくらいのものなんでしょうか……?」

下世話な話で叱責《しっせき》されることも覚悟したが、保祖上は笑った。

「そうだな、どんな人物のへそなのかにもよるが、へそは貴重だからな。おまけに、へその気力に当たると自分も気力がみなぎってくることもあって、入手しようとする者は後を絶たない。まあ、へそをひとつ探し当てれば、都内に一軒家くらいは容易に建つだろう」

おれは絶句してしまう。そんなに価値の高いものが目の前にたくさんあるという事実にも、震えがこみあげてくる。

「その……ということは、こちらのご自宅も、へそによって……？」

とっさに聞くと、保祖上はカッカと笑った。

「いやいや、違う。へそを売る者たちを否定はしないが、私は決して売らない主義でね。へそをなくした者の無念を思うとやりきれなくて、発掘をつづけているだけだ。探し当てたへそは今はたしかに手元にあるが、ゆくゆくは博物館などへの寄贈を考えている」

「……富よりも、想《おも》い、であると」

「そんなところだ」

この人を追ってみたい。

おれは強くそう思い、改めて発掘現場への同行取材を依頼した。

保祖上はすぐにうなずいた。

「その代わり、あんたも手伝ってくれよ。発掘には人手がぜんぜん足りていないからな」

「もちろんです！」

気合いを入れて答えたあとで、「それで」とおれは尋ねた。

「次に狙うのは、どういうたぐいのへそなんですか？」

一拍置いて、保祖上は言った。

「風宮征士《かざみやせいじ》のものだな」

「風宮……？」

「ああ、三〇〇年以上前の人物なんだが——」

保祖上は語る。

曰《いわ》く、風宮征士はかつて、ある地域の民たちを牽引《けんいん》していた者らしかった。民たちの暮らしを向上させるために時の権力者にも臆《おく》せず立ち向かい、その行動力、そしてあふれでる気力は人々を引きつけてやまなかった。権力者側はよい顔をしなかったが、民たちにとってはカリスマ的存在だった。

「そんなあるとき、風宮は権力者から遠方での用事を命じられてな。仲間たちと出発したんだ」

天候が変わって空が薄暗くなりはじめたのは、その帰り道のことだった。遠くから雷の音も聞こえてきて、風宮たちは携行していた専用の箱に急いでへそを収納し、おのおの隠し場所を探しはじめた。たとえ親しい者同士であっても、何がきっかけで隠したへそを暴かれるか分からない。ゆえに、隠し場所が分からぬよう、暗黙の了解でそれぞれ別の方向へ散ってへそを隠し、戻ってきた。

さあ、あとは木陰で雨宿りをし、雷様をやり過ごそう——。

事件が起こったのは、そのときだった。

突然、武器を持った者たちが藪《やぶ》の中から躍りでてきて、風宮たちを急襲したのだ。その者たちは、権力者の命で道中ひそかに跡をつけ、風宮を討てる機会を狙っていた。みなはすぐに応戦した。が、不意を突かれたことに加え、へそがない状態で気力もどんどん抜けていき、やがて風宮は討たれて絶命した。

なんとか逃げおおせた者が事のあらましを告げて回り民たちと旗をあげたが、権力者によって鎮圧《ちんあつ》されてそれきりになった――。

「今回のターゲットは、そのへそというわけだ。隠されたまま行方知れずになってしまった、風宮のな。気力あふれる風宮のへそは、かねてから雷様も狙っていたという。その意味でも、我々のあいだでは伝説になっている代物《しろもの》で、欲する者は多くいる。だが、隠された場所が曖昧《あいまい》で、私を含めて挑んだ者は全員が空振りに終わってきて今に至る」

おれは尋ねずにはいられなかった。

「そんなへそを、見つけることができるんですか……?」

「簡単ではないだろう。が、今回はこれまでの挑戦とは決定的に異なるところがある」

保祖上は席を立ち、すぐに戻ってきた。テーブルに広げたのは古文書で、おれには読めない昔の文字が書かれていた。

「こいつはな、風宮が襲撃に遭った場所の近くにある村の蔵から、少し前に見つかったものだ。

これを書いた者は風宮が討たれた当日、立派な身なりの人物が木に馬をつなぎ、山中の沼で何かをしているのを見たらしい。書かれている風貌《ふうぼう》からしても、その人物は風宮である可能性が十分にあると、私は見ている」

「じゃあ、風宮のへそは……」

「ああ、おそらくは、その沼のどこかにある」

おれは胸が高鳴った。この手の話に期待は禁物《きんもつ》だとは分かっていたが、やはりうずくものは止められなかった。

そこからは、具体的な発掘の段取りなどについての打合せに入った。

おおむね打合せが終わったところで、そういえば、とおれは聞いた。

「雷様というのは、今も存在してるんですか？」

当然だ、とうなずく保祖上に、さらに尋ねた。

「あの……であれば、ですよ？　ぼくたちのへそは、隠してもないのにどうして取られないんでしょうか……？」

「そりゃあ、あんた、今の人間は雷様の食指が動くほどの気力を持ち合わせていないからだ」

妙に納得させられて、おれはひとり苦笑した。

発掘当日は好天に恵まれた。

訪れたのは、くだんの沼のある山だった。

保祖上は年齢をまったく感じさせない足取りで、地図を片手に山道をぐんぐん進んでいった。

そのあとを、いつも発掘を手伝っているという保祖上の仲間二人、そしておれたち撮影クルーが必死になって追いかける。

「ついたぞ」

やがて足を止めたおれたちの眼前には、薄暗い沼が広がっていた。周囲には背の高い草が生《お》い茂り、水面からは倒木の枝がのぞいていた。

沼の中を探すのは機材の面から簡単ではなく、もしもへそが沼に沈んでいるならハードルは極めて高かった。が、保祖上はその可能性もゼロではないとしながらも、別の考えを持っていた。

「へそは通常、回収が困難な場所や見失いそうな場所には隠さないものだ。風宮が故意に沼に沈めた線は考え難く、おそらくは沼の周囲に埋めたのではないかとにらんでいる。もっとも、この三〇〇年のあいだに起きた何らかの変化で、今は沼の中かもしれないが」

その上で、保祖上が最初におこなったのは候補地の選定だった。沼は広範囲にわたっていて、限られた時間と人数で周囲をくまなく調べることはとてもじゃないが不可能だった。

候補地の選定にあたって基準のひとつとなったのが古文書の記述で、まず、山道から人が目撃できる場所かどうかが重視された。そして、隠し場所を見失わないための目印となりそうなものがあるかどうかや、いち個人の心情として安心できそうな隠し場所かという視点も織り込まれた。

次に保祖上たちは、見繕《みつくろ》った候補地をさらに絞る作業に移った。

へそ探知機で、地面の下の様子を探るのだ。

草刈り機に似たそのへそ探知機は、雷様でも分からないほどの微弱な気力を感知して反応するらしかった。が、最初に自宅で見せてもらったときは性能に半信半疑だった。

「あんた、また疑いが顔に出てるぞ。仕方ない、見せてやろう」

そう言って、保祖上はへそ探知機の先端部分――輪っかのようになったところをへその入った箱に向けた。瞬間、ピィーッと音が鳴り響いた。

「気力を封じる箱が相手でも、この通りだ。加えて今回狙うは、あの風宮のへそだからな。たとえ地下深くに埋まっていても、この探知機なら間違いなく反応するだろう」

おれは感心しつつ、興味本位で聞いてみた。

「あの、ちなみになんですが、微弱な気力にも反応するなら、さすがのぼくたちのへそにも反応を？」

保祖上は何も言わず、愉快げにおれのへそに向けて探知機をかざした。が、反応は一切なく、おれは「なるほど……」とだけ言って引き下がったのだった。

そんなへそ探知機が小さくピィーッと鳴ったのは、いくつかの場所で不発に終わってからのことだった。

反応があったのは地面に埋もれた巨大岩のすぐそばで、撮影クルーがにわかに沸き立つなか、保祖上たちは冷静さを保っていた。

「発掘はまとめて後からだ。次の候補地も当たるぞ」

ここにへそが埋まっているなら、すぐにでも掘ったらいいんじゃないか……。

内心でそう思いながらも、とりあえずは指示に従って先にほかの候補地も当たっていった。

最終的にへそ探知機が反応を示した場所は、なんと三か所もあった。

その頃には、おれは勝手に合点していた。この三か所には風宮のへそに加え、同じく失われたままだという風宮の仲間のへその、どれか三つが埋まってるということか、と。

いずれにしても、すごいことになりそうだ……。

保祖上が言った。

「今日はもう遅い。発掘は予定通り、明日にしよう」

翌日、おれたちは再び山をのぼって同じ沼を訪れた。

青空のもと、まずは最初に反応があった巨大岩のそばから掘っていくことになった。

「へそがあったときに傷つけないよう、慎重にいこう」

保祖上の指示のもと、おれたちはショベルであたりを掘りはじめた。地面はぬかるんでいて足場が悪く、かなりの重労働だった。が、お宝が埋まっているかもしれないと思うと高揚し、疲れを感じず掘り進められた。

保祖上の声が上がったのは、しばらくたったときだった。

「何かあるぞ！」

みんながいっせいにのぞきこむなか、保祖上が手で泥をかきわけていく。

そうして取りだされたのは、へその入った箱――ではなく、陶器の破片らしきものだった。

困惑している目の前で、周囲に埋まっていたほかの破片も次々と取りだされていく。すべてを取りだし終えたあとにへそ探知機をあたりにかざすも、反応はなくなっていた。

「えっと、これはどういう……」

尋ねると、保祖上は答えた。

「へそ探知機は気力に反応する……つまりは気力を放つものならば、へそでなくとも反応してしまうんだ。この陶器には、どうやらそれなりの気力がこめられているらしい。きっと才能あ

る作り手によるもので、場合によっては価値の高いものかもしれないな」

反応がある場所を先にすべて洗いだしたのは、こういうことが起きるからだったのか……。

そう納得しながらも、おれはへそでなかったことに肩を落とした。

保祖上は笑った。

「あんた、これくらいでがっかりしてたら素人《しろうと》だ。こんなことは日常茶飯事。次に行くぞ」

なんとか気持ちを切り替えて、次の候補地へと足を向けた。

けれど、次の場所から出てきたのは錆《さ》びた短刀だった。やはり気力のこめられた価値のあるものの可能性が高いらしかったが、おれはため息をつく。

そして、最後の候補地へと赴いた。が、見つかったのは猫の根付《ねつけ》で、ついにへそは出てこなかった。

「まあ、よくあることだ」

そう言いながら、さすがの保祖上の表情にも落胆の色がにじんでいた。しらみ潰《つぶ》しに探したわけではない以上、風宮のへそが沼のどこかに埋まっている可能性はまだあった。が、いずれにしても発掘は空振りに終わった形だった。

「……お宝発見といかなくて、すまなかったね」

こちらを気づかう保祖上に、おれは「いえ」と返してこう申し出た。

「あの、まだ時間はありますし、粘ってみてもいいですか？」

「うん？　何をする気かな？」

「へそ探知機で探ってみます」

やみくもに探してもほとんど意味がないことは承知していたが、可能性がゼロでないなら最後まであがいてみたかった。それは番組のためというよりも、自分自身の好奇心と、保祖上の熱意に心を動かされていたことが大きかった。

保祖上はカッカと笑った。

「好きにしたらいい」

そうしておれは借りたへそ探知機を手に、あたりを歩き回りはじめた。が、探知機はうんともすんとも言わず、時間だけが過ぎていく。

やっぱりダメか……。

そうあきらめかけたときだった。最初に発掘した巨大岩の近くまで来て、なんとなく沼のほうにへそ探知機をかざしてみた瞬間、ピィーッと大きな音が鳴り響いた。

おれは思わず固まった。

直後には大声を出していた。

「反応がありました……！」

保祖上たちが急いで集まってきて、へそ探知機を確認する。顔を見合わせうなずき合うと、これがラストチャンスだとすぐに作業を開始した。

しかし、浅瀬とはいえ、沼の中を探すのは容易ではなかった。おれたちは最初に水を避《よ》けるため、反応があった付近を倒木やブルーシートで囲み、即席のダムのようなものを作った。そして、中の水をバケツで汲《く》みだし底が露出したところで、なんとかショベルで掘りはじめた。

何かが出てきたのは、少したってのことだった。

保祖上がそれを取りだし、表面をぬぐった。すると、螺鈿細工《らでんざいく》の美しい小箱が現れた。

全員が息をのむなか、保祖上がふたを開ける。

一瞬のあいだ、沈黙が流れる。

直後、歓喜が爆発した。

「うぉぉっ！　風宮だぁっ！」

箱の中に入っていたのは薄だいだい色をした縦長のくぼみのあるへそで、圧倒的な存在感から、狙っていたお宝であることは一目瞭然《いちもくりょうぜん》だった。

気力はふつう、目には見えないはずだった。が、熱で空気が揺れて景色がゆがんで見えるように、へそからあふれでる気力は周囲の景色をゆがませていて、この目でハッキリととらえられた。

「すごい……！」

呆然《ぼうぜん》としながら、おれは風宮の気力を浴びて自分自身も気力がみなぎってくるのを感じた。

今なら何でも成《な》し遂《と》げられる……。

そんな気持ちにさえなってくる。

保祖上のほうに視線をやると、小刻みに肩を震わせていた。頬《ほお》には光るものがあり、さまざまな想いがよぎっているのがひしひしと伝わってくる。

保祖上に限らず、居合わせた全員が風宮のへその気力に当てられていた。それぞれが、自分の世界に深く入りこんでいた。

だから、気づかなかったのだ。

遠くで鳴った雷の音に。

ハッとしたときには、周囲は真っ暗になっていた。とっさに見上げた空からは、ぽつりと雨粒が落ちてくる。

そのとき、雷がゴロゴロ鳴って、保祖上が叫んだ。

「マズい……！」

保祖上は慌てて箱のふたをしめた。

「これを今すぐ、どこかに隠――」

その瞬間のことだった。

いきなり強い衝撃に襲われて、目の前が真っ白になった。

おれはそのまま意識が吹き飛ぶ——。

次に目覚めたときには、全員がその場に倒れこんでいた。

最初は、何かの爆発に巻きこまれたのかと思った。が、少しずつ思考が戻るにつれ、起きたことを理解する。

おれたちは雷に打たれたのだ。

やがて保祖上たちも意識を取り戻した。幸い誰も身体《からだ》に異変はないようだったが、風宮のへそは箱ごとなくなっていた。

「雷様に持っていかれた……」

保祖上が力なくつぶやくなか、雨が本格的に降りはじめた。

おれはなぜだか、見てもいない光景が頭の中に浮かんできた。

天から降りてきた細く青白い雷が、風宮のへそとつながった瞬間の光景だ。

なんだか、へその緒みたいだなぁ。

うつろにそう思ううちにも、雨脚はますます強まっていく——。

結局、撮影していたカメラもデータもすべてダメになっていて、番組の企画はお蔵入りとなってしまった。

そのこと自体は残念だった。が、気持ちはすでに別のほうへ向いていた。もっと重要なやるべきことができたのだ。

おれは会社に辞表を出した。そして、志を同じくする者、保祖上たちと旅に出た。

雷様から、風宮のへそを取り戻すため――。

保祖上によると、雷様はもともと時間をかけてへそを味わうらしかった。ましてや、あれだけの気力を持った風宮のへそなら、味わい終えるまでにかなりの時間を要するだろうと予想された。

ならば、気力が失われてしまう前に雷様を捕まえて、風宮のへそを吐きださせる。

それが、今のおれたちの目指すところだ。

雷様を捕まえるための方法は、あれこれ話し合っている。

別のへそを使っておびきよせる、避雷針を利用する、気球で雲に突入する……。

すでに少しずつ試しはじめているものの、今のところ決定的な方法を見出《みいだ》せているわけではない。けれど、なんとしてでも取り戻すという執念のような思いは全員が強く抱いている。あのとき触れた風宮の気力に、すっかり魅せられてしまったからだ。

おれたちは今日も車に乗りこみ、天気予報をにらみながら雷雲《かみなりぐも》を追いかける。
暗い空に向かってへそ探知機を掲げると、激しくピィーッと音が鳴る。

第二話

時空屋

いつ？　何時何分何秒？
地球が何回まわったとき？

その路地に直子《なおこ》が入ってみようと思った理由は、後から振り返ってみてもよく分からない。とぼとぼと道を歩いていたとき、不意に景色がくるっと回転したような感覚になり、気づくと足を向けていた。

先にあったのは、年季の入った一軒の店だった。

直子はなぜだか妙に惹《ひ》かれた。

そして、木の扉をそっと開いた。

驚いたのは、薄暗い店内に入ってすぐのことだった。

カウンターの上や壁……至るところに地球儀が置かれたり掛けられたりしていたのだ。

いや、それらはサイズこそ小さいものの、地球儀というより地球そのものに見えた。

どれも青く輝きながら、ゆっくりと自転していた。表面には雲のような白いものも漂っていて、大陸の緑や茶色もじつにリアルだった。まるで宇宙から本物の地球を同時にたくさん見ているようで、壮大かつ不思議な気持ちになってくる。

そのとき、珠暖簾《たまのれん》をじゃらじゃらとくぐって奥から人が現れた。

「いらっしゃいませ」

店主だろうか、すらりとしたその人は口元を青いベールで覆っていて、年齢不詳の謎めいた雰囲気を放っていた。

「ようこそ、時空屋へ。時空の旅をお望みでございましょうか」

直子はポカンとしてしまう。

時空の旅……？

意味はよく分からなかった。でも、からかわれているような感じはせず、直子は尋ねた。

「すみません、ここにはふらっと入ってしまって……時空の旅って、なんですか？」

店主は目元に笑みを浮かべた。

「言葉の通り、時間と空間、つまりは時空を超えてお望みのところへお送りするのがわたくしの務めでございます。当店へお越しになったということは、あなた様も何かしらのお望みがおありかと存じますが」

直子は思わずドキッとした。

心当たりがありすぎるほどあったからだ。

直子は今の時代にまったくなじめず、日々息苦しさを感じながら暮らしていた。物事が移り変わるスピードや技術の発展にはついていけず、みんながいいと言っている最先端のものは無機質で味気ないものに感じてしまう。なんでも効率的に手軽に済ませる人が多いことにも冷たさを覚えていた。

その感覚は今にはじまったことではなく、小さい頃から周りとは肌が合わないなと感じつづけてきた。憧れるファッションは昔のものばかりで、何かを伝えるときもメールより手紙を書くほうが好きだった。

懐古主義だよね、と言われたり、現実逃避をしているだけでは、と言われたりしたこともあった。そのたびに思い悩んだけれど、感じ方はやっぱり変わらず孤独感が募《つの》っていた。

そんな折に出くわしたのがこの店で、直子はこう口にした。

「あの、望みのところへ行けるって、タイムトラベル的な意味で合ってますか……？」

「そのようなものでございます」

「だったら、行ってみたいなと思ってる時代はありますけど……」

瞬間、店主の目がキラリと光ったように見えた。

「それはいつでございましょう」

そして、つづけた。

「何時何分何秒？　地球が何回まわったとき？」

いきなり言われ、直子はえっ、と困惑した。

そのセリフなら、小さい頃に何度か耳にしたことがあった。だいたいがふざけていて、相手を挑発するような響きにケンカがはじまったこともあったなぁと記憶がよみがえってくる。

が、そんなセリフを、なぜいま店主が口にしたのかが分からなかった。

「えっと、それはどういう……」

かろうじて言うと、店主は答えた。

「時空の旅に必須となる情報でございまして。少々お待ちください」

店主はいちど奥に消え、しばらくすると青く輝く地球儀のようなものをひとつ抱えて戻ってきた。

「こちらが、あなた様の時空を司《つかさど》る地球です」

「私の……？」

店主はうなずく。

「地球は誕生して以来、ひとつながりの時間の中で自転しつづけてきたわけですが、そんな地球の上で生きてきた我々の時間は、地球の自転と切っても切り離せない関係にあるのです。そして、当店はその地球の自転にお客様ごとに介入することにより、時空の旅を実現しているのでございます。ついては、地球が何回まわったときに行かれたいのか、お教えいただく必要がございまして」

直子は分かったような分からないような気持ちになりながら、正直に言った。

「行きたいのは大正の頃です。あの時代に生まれたかったなぁって、ずっと憧れてて……でも、地球がまわった回数なんて……」

「ご安心ください」

間髪《かんはつ》をいれずに、店主は言った。

「そのような方には、算出して差しあげておりますので」

「そうなんですか⁉　でも、どうやって……」

「理屈は何も難しくありません。たとえば、あくまで概算ではありますが、今は地球が誕生して46億年でございます。そして、地球は一日1回まわりますので、46億年に365日を掛けまして、現在はざっと〝地球が1兆6790億回ほどまわったとき〟となるという具合です。もっとも、地球の自転の速度は昔のほうが速く、今に至るまで変化してきていますので、実際にはそのあたりを勘案しながら小数点以下まで正確に数字を算出せねばなりませんが。そこが、わたくしの腕の見せどころでございます」

途方もない数字にめまいを覚えながらも、直子は言った。

「でしたら、ぜひお願いしたいです……！」

店主は首を縦にふりつつ、その前に、と口にした。

「旅にあたり、ご了承いただきたいことがございます。お送りするのは今のあなた様であり、言葉や服装の違いはわたくしには調整することができません。行き先での生活の保証もできかねますが、よろしいでしょうか」

直子はすぐに同意した。生活や言葉のほうは、不安はありつつ何とかするぞと腹をくくった。一方、服装のほうはもともと好きで自信があって、今もちょうど着物に袴《はかま》、草履《ぞうり》にリボンという恰好《かっこう》だった。

「それでは、算出いたしましょう。ご希望の日はございますか？」

「いえ、特には……」

「かしこまりました。では、だいたいということで」

店主は微笑《ほほえ》み、そろばんを取りだした。そして、パチパチとすごい勢いで弾《はじ》きはじめた。

しばらくすると、店主は手を止め口を開いた。

「あなた様をお送りするのは、大正9年の今日と同じ日といたしました。地球が1兆7755億5950万4440回まわったときでございます。場所も、よきところで構いませんか？」

「はいっ……！」

店主はピンを手に持って、目の前でまわる直子の地球と向き合った。次の瞬間、迷うことなくそれを東京のあたりに突き立てた。

「さて、準備は以上でございます。ほかに何かご質問は？」

ちなみに、と直子は尋ねた。

「今に戻ってくることはできるんですか？　いえ、そうするつもりはまったくないんですけど、興味本位で……」

「できるとも、できないともいえるでしょうか」

店主は話す。

「たとえば、お客様が昨日に行かれたとして、そこで一日を過ごせば当然ながら今日という日に戻ってきます。その意味では〝できる〟といえるでしょう。一方、昨日から今日までを前回とまったく同じに過ごすことは不可能であり、実際には微妙なズレが生じます。そのズレの積み重なった末に訪れる今は、現在の〝今〟とは異なってくるものですので、その意味では〝できない〟といえるでしょう。さらには、行かれた先には昨日を生きているお客様ご自身もいらっしゃいます。つまりは同一人物が二人存在する世界となって今を迎えることとなりますので、そこまで含めるとしましたら〝今〟に戻ってくることは確実にできないといえるでしょう」

もっとも、と店主はつづける。

「あなた様のように遠く離れたところへ行かれる場合は時間の経過で今に戻ってくることは困難で、戻ってくるには、わたくしのような存在があちらから今に送りだす必要があります。が、そうして戻ってきたとしても、さまざまなズレによってやはり現在の〝今〟とは異なる今へたどりつくことになる……そうお考えいただければと思います」

頭の整理が全然追いついていない直子に対して、店主は言った。

「ほかにご質問は？」

「いえ、大丈夫です……！」

「では、まいりましょうか」

直子はこくんとうなずいた。

その直後、店主は目の前の地球に手を添えた。それの動きが止まったとたん、直子は金縛りにあったかのように動けなくなる。

次に店主は、地球を自転と逆方向にまわしはじめた。

瞬間、直子は呆然《ぼうぜん》とした。周りの景色がぐにゃりとゆがんだかと思ったら、至るところでぐるぐると渦《うず》を巻きはじめたからだ。

店主はまわすスピードをどんどん速める。その店主の姿も渦の中へと飲まれていって、景色はカラフルなマーブル模様と化していく。

直子はただただ立ち尽くす。

あたりの様子が元の感じに戻りはじめたのは、しばらくしてのことだった。

周りはしだいにはっきりしてくる。そして、ぴたっと何かが止まったような感覚があったあと、景色はひとつに定まった。

ざわざわと声が聞こえてくるなか、直子は夕暮れに染まった街角にいた。

周囲を見やると瓦屋根の建物と洋風の建物が交ざった街並みが広がっていて、行き交う人々の恰好も和装と洋装が入り交じっていた。そばの団子屋からいい匂いが漂ってきて、人力車が通り過ぎる。

本当に来たんだ、と直子は思う。

街灯に灯りがともりはじめ、心を躍らせ歩きはじめる――。


宮内《みやうち》はもどかしさを抱えながら過ごしていた。

長年の研究生活のなかで、宮内はある仮説を打ち立てていた。自信はあった。が、立証に至る決定的な証拠が見つからず、老体にムチを打って研究をつづけていた。

そんな折に、ふと気づくと無意識のうちに見知らぬ路地に入りこんでいた。その先には蔦《つた》のはった古びた店があり、なんとなく扉を開けていた。

その瞬間、青く輝く地球儀のようなものが並んだ光景が飛びこんできて、思わず言葉を失った。珠暖簾がじゃらじゃら鳴って、奥から店主が現れる。

「ようこそ、時空屋へ。時空の旅をお望みでしょうか」

宮内は大いに面喰《めんくら》った。

が、店主から時空の旅への望みはないかと尋ねられ、おのずとこう口にしていた。

「……まあ、この目で仮説の正しさを確認したいという想《おも》いは、強くある」

「仮説、といいますと?」

「私は昆虫の進化の研究をしていてね。特に昆虫が翅《はね》を獲得するに至った詳細を研究してきたわけなんだが、それにまつわる仮説だよ。正しいと確信はしているが、立証にはまだ時間がかかるだろう。そして、私は病を抱えていてもう先が長くない。ならば、せめて最後にその時代へ行って確認してみたいものだと思ってね。まあ、そんなことは不可能だが」

すると、店主は言った。

「可能でございます」

宮内は「ほぅ」とつぶやいて、相手を見据えた。

「行くことができる、というのかね?」

「ええ、そのためにはお望みの行き先のことをお教えください。それはいつでございましょう」

そして、つづけた。

「何時何分何秒？　地球が何回まわったとき？」

「うん？」

眉をひそめる宮内をよそに、店主は奥に下がって地球儀のようなものを持ってきた。

「こちらが、あなた様の時空を司る地球です」

店主はあらましを説明する。

それを聞き、宮内はすぐに反論した。

「何から何まで、じつに非科学的だ。だいたい、百歩譲って時空の旅とやらが実現できるとしても、だ。あんたはどうやって正確な地球の自転数を算出するというんだね？　地球の自転速度は太古から変わってきているが、データがない以上はどこまで行っても誤差が生じる。そもそも、自転のはじまりもいつとみなす？　雑な計算で見当違いの時代に飛ばされでもしたら目も当てられない」

「ごもっともでございます」

店主は静かに答えた。

「ただ、それをいかに正確に導きだすかが、わたくしの腕の見せどころでございます」

非科学的だ、と宮内は不満げにつぶやいた。

しかし、直後にはこう口にしていた。

「……本当に行けるんだね？」

うなずく店主に、宮内は言った。

「デボン紀だ。3億8000万年前のな。その頃ならいつでもいい。場所はヨーロッパ。陸地ならどこでも構わない」

「かしこまりました」

店主は微笑み、すぐさまそろばんを弾きはじめる。

やがて手を止め、宮内に告げた。

「あなた様をお送りするのは、地球が1兆6359億7698万5585回まわったときでございます。なお、気候などの違いによるトラブルについては補償できかねますので、ご了承ください」

「無論だ」

「ほかにご質問はおありでしょうか」

「いや」

「では、さっそく」

店主は目の前で青く輝く地球と向き合うと、ヨーロッパあたりの一角にピンを刺した。そうして手が添えられて自転が止まった瞬間から、宮内は時間までも止まったような感覚になる。次に店主は逆方向にゆっくり地球をまわしはじめた。周囲の景色はぐにゃりとゆがんで渦を巻きだし、やがてカラフルなマーブル模様に包まれる。

どれくらい時間がたっただろうか。

気がつくと、いつしかゆがみは収まり景色はひとつに定まっていた。

その直後、土の湿った香りが鼻をつき、宮内はひどく興奮する。あたりにはシダに似た古代の植物が生《お》い茂っていたからだ。

と同時に、酸素濃度が低いからだろう、宮内は息苦しさを覚えていた。が、呼吸できないほどではなく、少なくともしばらくは耐えられるだろうと考える。

そのとき、足元で何かが動いた。それは虫で、急いで観察しはじめる――。

それからも、時空屋には日ごといろいろな人がやってきた。

愛猫《あいびょう》が事故に遭う前に戻って救いたいという人。

剣豪と呼ばれた伝説の剣術家と一戦交えてみたいという人。

世界的な宗教の開祖に直接教えを乞いたいという人。

その誰もが瞳のなかに光を宿し、ぐるぐると送りだされていく。

哲也《てつや》の胸が高鳴ったのは、なんとなく惹かれて路地に入ってみたときだった。

その奥でたたずんでいた店に、もしやと思って扉を開いた。

果たして、そこには見覚えのある人物が立っていた。

哲也は頬《ほお》を火照《ほて》らせる。

「やっぱり！　時空屋さん！」

しかし、店主は「はて」と首をかしげた。

「どなたでしょうか」

「少し前にお世話になった者です！」

「それはいつでございましょう。何時何分何秒？　地球が何回まわったとき？」

「えっと、半年くらい前なので……今よりも地球が１８０回ほどまわってないとき、でしょうか」

そう答えながら、哲也は話す。

場所こそ違えど、かつてこの店を訪れたことがあること。送りだしてもらった先は半年前、祖母のいる病院だったこと。

「うちの祖母は、ぼくがバタバタしていて帰省を見送った矢先に倒れてしまって他界して……最後にさよならが言えなかったことが、ずっと心残りだったんです。でも、おかげで会えて、前に進むことができました」

店主は、なるほど、とうなずいた。

「この自転軸とは異なる自転軸での話ですね。わたくしの与《あずか》り知るところではございませんが、そう言っていただけよかったです」

その言葉に、哲也は軸うんぬんの話を前に聞いていたことが頭の中によみがえる。

この人は、あのときと同じ人じゃないんだな……。

直後、別のことを思いだし、そういえば、と口にした。

「このあいだ、自分によく似た人を街なかで見かけました。さすがに話しかけるのはやめましたけど、やっぱりこの世界にはぼくが二人いるんですねぇ。でも、身分証とかはふつうに使えて……頭がこんがらがりそうですよ」

「この世の中には、未知がたくさんございますので」

店主につられて哲也も笑う。そうして改めてお礼を伝え、店を去る。

ある日の夕刻、店主は誰もいない店内でカウンターの上を見つめていた。視線の先にはゆっくりと自転している青く輝く地球がある。

その地球に語りかけるように、店主は言った。

「この時代もたっぷり楽しませていただきましたね。少しでもお役に立てていればいいのですが」

さて、とつづける。

「そろそろ、別のところへ移りましょうか」

店主はいつもと同じように目の前の地球に手を添えた。それの動きがぴたっと止まると店中のあらゆる地球も動きを止めて、どこまでも深い静寂《せいじゃく》が訪れる。

「では次は、地球が1兆7755億5912万8900回まわったときにでも」

つぶやくと、店主は地球をまわしはじめる。自転と同じ方向へ、勢いをつけ。

瞬間、店中の地球もいっせいに同じ速度でまわりはじめた。景色が急激にぐにゃりとゆがみ、あたりはカラフルなマーブル模様に包まれる。

やがて景色が定まって、元と同じ光景が現れた。薄暗い店内では、青く輝くたくさんの地球がゆっくりとまわっている。

店主は目の前の地球をそっと手に取り、珠暖簾の奥へとしまいにいく。

店の扉が開いたのは、しばらくしてのことだった。そのすきまから超高層ビルや空を飛ぶ乗り物などがちらりと垣間見《かいまみ》えるなか、年配の女性が入ってきた。

店主は言った。

「ようこそ、時空屋へ。時空の旅をお望みでしょうか」

簡単に説明を受け、女性は言った。

「行けるものなら、ぜひ過去に……」

「それはいつでございましょう。何時何分何秒？　地球が何回まわったとき？」

ポカンとする女性に対し、店主は意図を説明する。

すると、こんな答えが返ってくる。

「あの、私、遠くからの旅行者で……それでも可能なものなんでしょうか……？」

店主は首をかしげつつ、話に耳をかたむける。

そのあとで、微笑みながらこう言った。

「なるほど、承知いたしました。そういうことでございましたら、少々お待ちを」

店主は珠暖簾の奥にいちど消え、あるものを持って戻ってくる。

カウンターの上に置かれた赤く輝くそれを前に、店主は改めて女性に尋ねた。

「さて……お望みの行き先はいつでございましょう」

そして、つづけた。

「何時何分何秒？　火星が何回まわったとき？」

第三話

はぴぞう

ため息をつくと幸せが逃げる

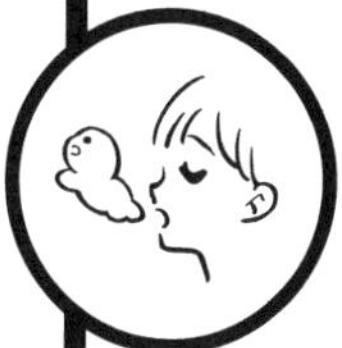

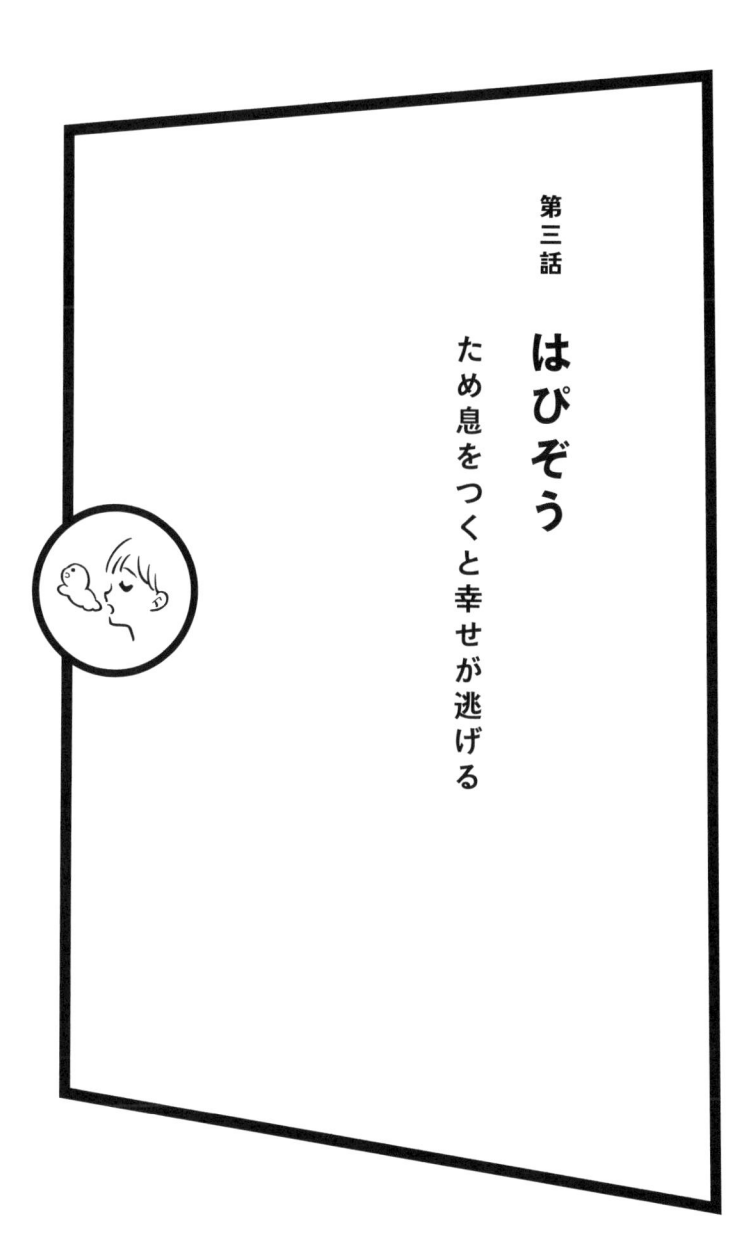

「いっやー、運がないわー」

久しぶりに会ったそばから、丸山《まるやま》はさっそくこぼしはじめた。曰《いわ》く、勝ちが確定しているはずのギャンブルで負けてしまったのだという。

「まじ最悪だー」

そう言ってため息をつく丸山に、心の中でぼくは突っこむ。いや、勝ちが確定してるギャンブルなんてあるはずないから、と。そして、コーヒーを注文しながら相変わらずだなぁと苦笑する。

丸山は大学の同級生で、学生時代は一緒に遊ぶ仲間のひとりだった。そのときから丸山の口癖は「運がない」で、口を開けばその言葉を繰り返してしょっちゅうため息をついていた。が、よくよく話を聞いてみると自業自得なことが多く、ぼくは折に触れてそのことを指摘しつつ、こう言ったこともあった。

「っていうかさ、仮に運がないとしてだよ？　それって、ため息ばっかりついて幸せが逃げてるからなんじゃないの？」

ほえ？　と声をあげる丸山に、ぼくはつづけた。

「知らない？　ため息をつくと幸せが逃げるっていう言葉。丸山、よくため息ついてるよね。だから幸せが逃げて、運がなくなってるんじゃない？」

丸山は「なるほどなー」と返事をした。

「そういうもんかー」

けれど、次に会ったときにも丸山は変わらずため息を連発していた。ぼくは、なんだかなぁと呆《あき》れてしまったのだった。

そんな丸山は、ギャンブルの結果がいかに不本意かを話しつづけた。ぼくはコーヒーを口にしながら適当に聞き流していると、やがて丸山はこう言った。

「もうさー、給料日前なのにすっからかんで困ったわー」

瞬間、ずっと予感していたことが確信に変わる。

急にお茶に誘ってきたのは、そういうことか……。

果たして、丸山はつづけた。

「悪いけど、いくらか貸してくんないかな？」

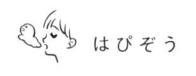

その言葉とは裏腹に、丸山に悪びれた様子はまったくなかった。ぼくはまた苦笑しながら、貸すのは丸山のためにならないと、すぐに「ダメだよ」と断った。

「頼む！　そこをなんとか！」

両手を合わせて拝むように頼んでくるも、ぼくは首を横に振る。

丸山は肩を落としてぶつぶつこぼす。

「まじかよー、なんだよー……」

そして、はぁ、とため息をつく。

目を疑ったのは、その瞬間のことだった。

丸山の口から、ため息と同時に飛びだしてきたものがあったからだ。

テーブルの上にのっかったそれは、親指くらいの大きさの人の形をした何かだった。全身はピンクでつるんとしていて、丸山みたいにぷっくりと膨《ふく》れたお腹《なか》をしていた。

直後、そのピンクのものはテーブルから床にぴょんと飛び降りた。そして、見た目に反して素早く駆けだし、開いた扉から店の外に出ていった。

丸山はそちらを一瞥《いちべつ》した。が、特に何も言わずに視線を戻してコーヒーをすすった。

いやいやいやいや！　と、ぼくは尋ねざるを得なかった。

「ちょっとちょっと、いまの何……!?」

ほえ？　と声をだす丸山に、ぼくは重ねる。

「ほら、今のピンクの……！」

「ああ、はぴぞうのこと？」

「はぴ……？」

「はぴぞう。まあ、名前はおれがつけたんだけど。知ってるっしょ？　幸せのこと」

ぼくは意味が分からずぽかんとする。

「ごめん、どういうこと……？」

「えっ？　木村《きむら》が教えてくれたんじゃん。ため息をつくと幸せが逃げるって」

丸山はつづけた。学生時代にぼくからその言葉を聞いて以来、人の形をした〝幸せ〟の姿が見えるようになったのだ、と。

「幸せって、ため息ついたらほんとに逃げてくんだーって、最初はめっちゃびっくりだったわ。ってか、もしかして、木村は見えてなかったわけ？」

「うん……」

「ほほー、そうだったんかー」

軽い口調の丸山に対し、ぼくはすぐには信じられずに呆然《ぼうぜん》とするばかりだった。けれど、丸山は変なウソをつくようなやつじゃなく、何より自分も目撃してしまった以上は疑う余地は残

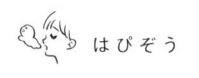

されてなかった。

そうなると、にわかに心配する気持ちが膨らんできて、ぼくは尋ねた。

「ねぇ、だったら追いかけなくていいの……？　幸せが逃げたんだよね……⁉」

「いーのいーの」

あっけらかんと丸山はつづける。

「まあ、前はがんばって追いかけてたんだけどさー、あいつらすばしっこくて、おれのフットワークじゃ全然捕まんないんだわ。どうせ逃げられて終わりだから、追いかけても意味ないのよ」

「でも、このままじゃ……」

「だいじょぶだいじょぶ。今はこれがあんから」

丸山はスマホを取りだし画面を見せた。表示されていたのは周辺のマップで、店から少し離れたあたりで青い点が動いていた。

なんだろうと思っていると、丸山は言った。

「おれのはぴぞうにはGPSがついてんだわ。さっきのやつは今ここだな。ってことで、あとでゆっくり追いついて、油断したとこをパッと捕まえていっちょあがりよ」

丸山はさらに話す。

ずっとため息をつくたびに逃げていくはぴぞうに悩まされていたなか、一年ほど前に〝幸せクリニック〟の存在を知ったのだ、と。そこは名前の通り幸せにまつわるクリニックで、幸せのことなら何でも相談にのってくれるらしかった。加えて、幸せが逃げたときのために腕輪型のGPSを取りつけてもくれ、丸山はすぐに頼んで今でははぴぞうをラクに回収できるようになったという。

「幸せにGPS……」

ぼくは驚きながらも、たしかに合理的かもと思いはした。一方で、なんとなく引っ掛かりも覚えた。そもそもため息をつくのをやめれば幸せは逃げないわけで、GPSより先にやるべきことがあるんじゃないかと思ったからだ。

頭の中に浮かんでいたのは、家で飼われている猫や鳥のことだった。丸山の今の状況は、わざと窓を開けっぱなしにしてそれらが逃げだすのに近いんじゃないかと考えた。

たしかにGPSがついていれば、見つけるのは難しくないだろう。でも、逃げだすのが分かっていながら窓を開けっぱなしにしておくのは、どうなんだろう……。

「あのさ、ちなみになんだけど、そのクリニックでため息をやめようっていう話にはならなかったの？」

丸山は少し考えるようなそぶりを見せてから答えた。

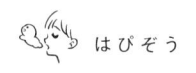

「そういや、そんなことも言われたような」

「ええっ……だったらさ、そっちのほうももう少しがんばったほうがいいんじゃないの？」

丸山はスマホのマップを適当に拡大したり縮小したりしながら口にした。

「なるほどなー」

絶対ちゃんと聞いてない……。

そう思っていたとき、丸山のスマホの画面が視界に入って「うん？」と思った。縮小されたマップで、青い丸が二つ動いていたのだ。

そのことを尋ねてみると、丸山は言った。

「ああ、そかそか、木村はさっきのはぴぞうから見えだしたんだっけ。こっちのもうひとつのは、あれより前に逃げてったやつなんだわ。ほらおれ、ここ来てすぐにため息ついたじゃん？あんときのやつ。どうせため息はまだつくだろーし、同じ人間から出たはぴぞうは集まり合う傾向があるっぽいから、だったら余計に放っておいて後でまとめて回収したほうがいいよねってゆースタンスなのよ」

効率的というか、ズボラというか……。

なんとも返事をしかねていると、丸山は、じゃあ、と言った。

「おれはぼちぼち、はぴぞうたちを回収しに行くわー」

丸山はコーヒーを飲み干して席を立つと、足早に出ていった。気づいたときには、コーヒー代はぼくのおごりになっていた。

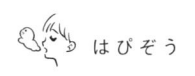

その日を境に、ぼくには大きな変化があった。

どういうわけか、はぴぞうが日常的に見えるようになったのだ。

あるときは、駅のホームで電車を待っていると、運転見合わせのアナウンスが鳴り響いた。どよめきとともに多くの人がため息をついたその瞬間、人々の口からピンクのはぴぞうが飛びだしてきた。そのフォルムは誰から出たかでそれぞれ微妙に違っているようだったけれど、ぷっくりしたお腹は共通で、丸山のだけじゃなかったんだとぼんやり思う。

そのはぴぞうたちはホームを縦横無尽に駆けだすも、多くの人は気づいていないようだった。が、中には見えている人もいるらしく、そういう人は自分のはぴぞうを追いかけはじめた。はぴぞうは触れると吸収できるようで、追いついた人が手で触れると吸いこまれるように消えていった。

またあるときは、うちのチームが開発を進めていたシステムが、完成間際に仕様変更を求められた。オフィスでは悲鳴が上がり、あちこちから、はぁ、とため息が聞こえてきた。瞬間、みんなの口からはぴぞうが飛びだしてきて、あたりを駆け回りはじめた。にもかかわらず誰も気づいていない様子で、なんだか気が気じゃなくなってくる。

そのとき、はぴぞうの一体が目の前を横切り、ぼくは反射的に捕まえようとして触れてしまった。あっと思ったときには手遅れで、はぴぞうはぼくの中に吸収された。

心はとたんに軽くなり、幸福感に包まれる。

が、それはすぐ収まって、罪悪感が芽生《めば》えてきた。

人の幸せを奪ってしまった……。

その帰り道、コンビニに寄って買い物をすると、お会計がちょうど「777円」になった。

でも、喜ぶ気持ちにはなれなくて、ぼくは二度と他人《ひと》のはぴぞうには触れないことを心に誓ったのだった。


はぴぞうは、ぼく自身の口からもときどき飛びだしていった。

道端でガムを踏んでしまったとき。

カバンの中でお茶がこぼれてしまったとき。

突然の雨に見舞われたとき。

自分では、ため息はあまりつくタイプじゃないと思っていた。でも、案外ついているんだなぁと反省しつつ、逃げだしたはぴぞうを必死で追いかけ自分のもとに取り戻した。

そんなある日、ぼくは丸山に「元気？」と連絡を入れてみた。お金に困っていたことがよみがえり、大丈夫かなとふと心配になったからだ。

丸山からはすぐに「寝込んでる」と返事があって、にわかに不安が膨らんだ。が、よくよく聞いてみると賞味期限切れの牛乳を飲んでお腹を壊しているらしく、なんだそれ、とため息をつく。はぴぞうが口から飛び出てきたのはそのときで、ぼくは「ええっ！」と声が出た。

ため息って、呆れたときのもカウントされるの……⁉

別枠にしてよと抗議の声をあげたくなるも、その不満は新たなため息の種になりそうな気がして飲みこんだ。

そのうちぼくは、あることが気になってきた。

逃げたまま捕まえられなかったはぴぞうは、どうなるのかということだ。

ネットで検索してみると、丸山が言っていたクリニックのサイトが出てきた。そこには、逃げた幸せは放っておくと誰かに吸収されたり自然消滅したりすると書かれていた。

吸収というほうにもドキリとしつつ、自然消滅というほうも心の中に妙に残った。なんだか光景も浮かんできた。ぷっくりしたお腹のはぴぞうがやせていき、枯れた花のようにくしゃっとなったところで四方に散っていくような光景だ。

実際に目にしたわけじゃなく、きっと違うのだろうなとは考えた。でも、ぼくは幸せの末路に勝手に思いを馳《は》せて、やるせない思いにとらわれた。

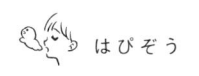

そんな気持ちは、街なかではぴぞうを見かけるたびに大きくなった。

どうやら幸せは幸せを好むらしく、はぴぞうは幸せを感じる場所にいることが多かった。

あるはぴぞうは夕食どき、民家の塀に腰かけて窓のほうをじっと見ていた。黄色い灯りの向こうからは子供たちのにぎやかな声が聞こえてきて、カレーのいい匂いも漂ってくる。ぼくはそこに広がっているであろう温かなシーンを想像しながら、はぴぞうの背中が目に焼きつく。

別のはぴぞうは、コンサート会場近くの道をとことこと歩いていた。周りには応援のうちわを持ち頬《ほお》を紅潮させた人たちがたくさんいて、流れに沿って進んでいた。はぴぞうもそこに加わり、周りの人たちをチラチラ見上げながら会場のほうへと消えていった。

ほかにも、はぴぞうは映画館でカップルの隣の席にちょこんと腰かけていたり。ベビーカーにしがみつき、すやすや眠る赤ちゃんをそっと覗《のぞ》きこんでいたり。学校の門に寝そべって、ワイワイと下校する生徒たちを眺めていたり。

そんなはぴぞうたちを見るたびに、ぼくの中では幸せの幸せを願う気持ちが芽生えてきた。と同時に、その、幸せにとっての幸せとは何かという問いも頭に浮かんだ。

ため息をつくような主のもとに戻ることが、果たして幸せといえるのだろうか？　そうはいっても、他人に吸収されることが本当に幸せなのか？　自然消滅することは？

考えれば考えるほど分からなくなって、気分がどんよりしてため息をつきそうになってくる。

ぼくはこのままじゃよくないと、ある場所に行ってみることにする――。

予約をして訪れたのは、かの幸せクリニックだった。先生は優しく誠実な印象で、促されるまま抱えたものを話していった。

逃げた幸せを見かけるたびに、なんだか幸せでない気持ちになること。幸せに対して何かしてあげたい気持ちになるも、何もできずにモヤモヤすること……。

「木村さんはお優しい方なのですね」

先生は微笑《ほほえ》んだ。

「何しろ、幸せが見える方の中には、見つけたらすべて吸収してしまおうとする方もいらっしゃるくらいですから。ちなみに、幸せの自然消滅というのは、そのままの姿で薄れていって消えるだけですよ」

いずれにしても、と先生は言った。

「どうなるのが幸せにとって幸せなことなのかは、誰にも分かりません。ただ、その前提の上で私どもがおこなっているのが、幸せの保護活動です」

「保護……？」

「ええ、幸せを見つけたという連絡をいただきましたら、私どもが現場に行って保護するんです。もちろん、ふつうに触れると吸収してしまいますので、幸せを遮断する素材でできた網で

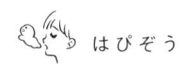

捕まえるわけですけれど」

「保護したあとは、どうするんですか……？」

「その幸せの見た目などの特徴を公開しつつ、しばらくは名乗り出る方を待ちます。どなたかいらっしゃって、その方の幸せだときちんと確認が取れればお戻しをしています。もし一定期間がたっても名乗り出る方がいらっしゃらなければ、消えてしまう前に、必要に応じてここを受診された方へお譲りしているという具合です」

「ははあ……」

感心しながら、ぼくは気持ちが少しラクになる。

今度から、発見したら連絡しようと心に決める。


丸山からメッセージが届いたのは、ある日のことだった。

——ちょっと頼みがあってさ。次の休み、会えね？

さては、また何かやらかしたな……。

そう思いながらもとりあえずは約束を交わし、ぼくは当日、待ち合わせ場所のカフェに向かった。

やってきた丸山はいつになく沈んだ表情をしていて、すぐに尋ねた。

「何かあったの……？」

「それがさ、ＧＰＳがダメになって……」

「はぴぞうの？」

丸山は弱々しくうなずいて、こう言った。

数日前、いつものようにまとめてはぴぞうを回収しようとマップを見たら、青い丸がすべてなくなっていたのだ、と。慌ててクリニックに行ったところ、はぴぞうにつけたＧＰＳの電池が切れていることが判明した。先生からはもともと一年以内に電池交換に来るようにいわれていたなか、一年をだいぶ過ぎていた。

「けどよー、一年で交換って言っても、ふつうはプラス半年くらいは持つもんだろぉー……」

丸山はさらにつづける。先生には、はぴぞうをわざと逃がしてまとめて回収していたことがバレて怒られ、ため息もなおってないと厳しく指導されたのだ、と。

「ほんと、運がないわー」

丸山はため息をついた。

瞬間、はぴぞうが口から出てきて逃げだした。ＧＰＳに頼り切りだったツケだろう、丸山は反応がずいぶん遅れた上に、慌てて追いかけはじめるも動作はひどく緩慢《かんまん》だった。もたついているそのすきに、はぴぞうはあっという間に外に出ていき姿を消した。

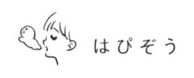

ぼくは思う。

何から何まで自業自得じゃん……と。

ともあれ、戻ってきた丸山にぼくは言った。

「はぴぞうのこと、クリニックの保護リストにはのってなかったの？」

丸山はかぶりを振った。

「今のところはないってさ……」

そして、肩を落として言葉を重ねた。

「おれ、ＧＰＳに甘えて、大事なことを忘れてたかもしんないわ……」

珍しい言葉に、さすがの丸山も失ってようやく気づいたかと思いながら、ぼくは言った。

「探すの、手伝うよ」

「ほえ？」

「頼みって、そういうことでしょ？　いいよ、一緒に探そうかっ」

丸山が気の毒に思えたこともあったけれど、脳裏には路頭に迷うはぴぞうたちの姿が浮かんでいて、放っておくことなどできなかった。

「まじか木村……！　サンキューな！」

その日から、ぼくたちは仕事終わりや休みの日に、一緒にはぴぞうを探しはじめた。といっても、当てがあるわけではないので、はぴぞうが好みそうな場所を片っぱしから当たっていく形だった。

オシャレなレストランや、夜景のきれいな展望デッキ。

テーマパークや、結婚式場。

はぴぞう自体はたくさん見つけた。が、丸山によるとどれも自分のではないらしく、クリニックに連絡だけ入れて次に向かった。

迷子の張り紙もつくってみた。丸山が描いた下手《へた》なイラストに特徴や連絡先を書きこんでコピーして、幸せを感じる場所で配ったり、電柱に貼ったり。

けれど、丸山のはぴぞうは一向に見つからなかった。

「もうほかのやつに吸収されたんかな……」

弱気な丸山に、ぼくは言う。

「そんなこと言ってる暇があったら、探すよ！」

丸山から電話があったのは、ある休日のことだった。

「木村、見つかったかも！」

「えっ！」

急いで教えられた場所に向かうと、そこは丸山の住むマンションからほど近い一軒家だった。

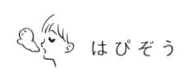

合流したぼくたちを迎えてくれたのはご夫婦で、子供たちのにぎやかな声を背景にキッチンへと通してもらった。

「ここなんですけど……」

家主は、床にある収納庫の入り口に視線を落とした。

「床下からなんとなく気配を感じて、こわごわ覗いてみたんです。そうしたところアレがいまして、張り紙を見たばかりだったので、もしかしてと……」

家主が収納庫を取り外し、丸山が懐中電灯を片手に床下を覗きこむ。

直後、声があがった。

「うわっ！　いた！」

ぼくも気になり、丸山と交代して上半身をねじこんでみた。

ぎょっとしたのは、真っ暗な空間を照らした瞬間だった。

そこには、たしかにはぴぞうの姿があった。が、一体や二体の話ではなく、数えきれないほどのはぴぞうが歩き回ったり寝そべったり転がったりしていた。

「これって、ぜんぶ丸山の……!?」

身体《からだ》を抜いて尋ねると、丸山はばつが悪そうに頭をかいた。

「まあ、そうっぽいな」

「いやいや、どんだけため息ついたの……！」

呆れながらも、ぼくは言った。

「早く捕まえに行ってきなよ」

すると、丸山は少し無言になったあと、かぶりを振った。

「いや……」

「えっ？　どうしたの？」

「なんか、はぴぞうに悪い気がしてきたわ……ここのほうが居心地もいいんだろうし……」

ぼくは、でも、と口にする。

「このままだと消えちゃうんじゃない？　ここのみなさんにもご迷惑だよ」

「そうだけどさ……」

目を見開いたのは、そのときだった。

はぴぞうが床下からひょいっと顔を出したのだ。かと思ったら、はぴぞうたちはどんどん出てきて、丸山の前に列をつくった。

驚きながらも、ぼくは言った。

「これって、戻ってきてくれるってことじゃない？　丸山が悪いって思うんならさ、これから心を入れ替えればいいだけなんじゃないかな」

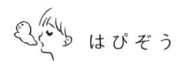

丸山はまた無言になった。

が、今度は首を縦に振り、そっと手が差しだされた。はぴぞうたちは自分から近づいていき、どんどん吸収されはじめる。

すべてを吸収し終える頃には、丸山の表情はいかにも幸せそうなものへと変わっていた。

「……おれ、改めるわ。木村、いろいろありがとな」

ぼくは笑ってうなずいた。


丸山からお茶に誘われたのは、それからしばらくたってのことだった。

この間のお礼でもしてくれるのかな。

そう思いながら店で待っていると、やがて丸山がやってきた。

けれど、その姿を見て仰天《ぎょうてん》した。

「どうしたの……!?」

丸山はこの短期間で、別人のようにすっきりした体形になっていた。まさか病気だろうかと心配にもなるなかで、丸山は答えた。

「ジムに行きはじめてさー」

丸山は語った。

これまでの自分は体形や体力の問題で逃げるはぴぞうを満足に追いかけられず、それが理由でGPSに依存したり、まとめて回収しようとしたりしていたところがあった。だから心を入れ替えて、これからは素早く追いかけられるように肉体改造をしたのだ、と。

　ぼくは、えっ、と声が出た。

「いや、まあ、それもいいんだけどさ……えっと、ため息をつかないようにするっていうのは……？」

「ほえ？　ため息はつくもんじゃん」

　平然と言いつつ、丸山はつづける。

「ってか、聞いてくれよー。これ知ってる？」

　丸山の掲げたスマホにはゲームの画面が表示されていた。

「最近ハマってんだけどさ、いくらガチャ回しても全然いいのが出ないのよ。まじ運がないわー」

　丸山は、はぁ、とため息をつく。その瞬間、はぴぞうが口から出てきて逃げだすも、丸山は軽やかな身のこなしですぐに追いつき吸収した。

　席に戻ってくると、丸山は拝むように両手を合わせた。

「ってわけで、金欠でさー。悪いけど、いくらか貸してくんないかな？」

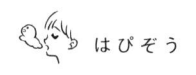

ぼくは大きくため息をつく。
口から飛びでたはぴぞうが、素早い動きで逃げだした。

第四話

雨の粒たち

出かけると必ず雨が降る雨女

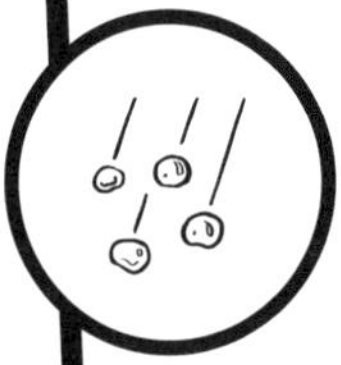

入学式で初めて山あいのその場所を訪れたとき、潤《じゅん》はうれしくて胸がいっぱいになった。

私、本当に入れるんだ……。

外では雨が本降りとなるなか、講堂の壇上に学長が上がり、潤たちに言った。

「ようこそ、雨女子大学《あめじょしだいがく》へ。みなさんを心から歓迎します」

学長はつづける。

「ここアメ女《じょ》は創立以来、数々の雨女《あめおんな》を輩出してきました。みなさんは、今はまだぽつりと落ちた小さな雨粒に過ぎません。ここから四年間の学びのなかで成長し、人々に恵みをもたらす立派な雨女となってくれることを心から期待しています」

そんな祝辞に、心はますます奮い立つ。

襟《えり》につけた水滴形の校章に思わず手をやり、潤は誓う。

がんばるぞ――。

雨女、それは雨を操る力を持った人たちだ。生まれ持った才能に加え、たゆまぬ努力で磨きあげたその力で、水不足に苦しむ地域へ雨を降らせたり、過剰に降る雨を止《や》ませたり。

もちろんそれらは独断でおこなえるわけじゃなく、雨女たちは緊急時を除いて国の統括機関「降雨管理局《こううかんりきょく》」の決定にもとづき行動することが求められる。特定の地域に優先的に雨を降らせた結果、近隣地域が水不足に陥っては元も子もないし、水資源の偏りは国際問題にも発展し得る。自然現象への過度な介入は秩序を乱し、異常気象を助長してしまう恐れもある。そういった事態を防ぐため、管理局が総合的に判断して雨女の稼働を調整しているという具合だ。

ともあれ、潤はそんな雨女になんとなく惹《ひ》かれ、ずっと憧れを抱いてきた。そして、雨女を養成する国内唯一の機関、雨女子大学に入りたいといつしか思うようになっていった。

けれど、高校生になってその想《おも》いを両親に打ち明けると、やめたほうがいいんじゃないかと反対された。アメ女の試験は基礎科目と面接、適性検査で、一応は誰でも受けられる形だった。が、合格者は極めて少なく、もし受かったとしても、雨女になるような人たちは小さい頃から関連教育を受けていることが多いため、潤ではついていくのが難しいのではというのが理由だった。

潤もあとから調べてみるとたしかにその意見は的を射ていて、自分には無理なのかと落胆した。

それでも潤は諦めきれず、ダメ元で受験したいと懇願して実現した。が、いざ受けてみると基礎科目の出来は微妙で、面接も緊張でまともに話すことができなかった。

絶対落ちた……。

合格通知が届いたのは、そう覚悟していた折だった。潤は信じられない思いになりながらも高揚感に包まれて、入学を心待ちにしたのだった。

ところが、入学して早々、潤はどん底に突き落とされることになった。

両親の懸念の通り、授業に全然ついていけなかったのだ。

雨を降らせる演習ではその日の課題をうまくこなせたことは一度もなく、三十人ほどのクラスメイトのなかで明らかに後れをとっていた。座学でも、社会に影響を及ぼす雨女はさまざまなことを広く深く学ばなければならないなか、潤は内容を理解できずに置いていかれる場面が多々あった。

毎日が敷地内にある寮と校舎の往復で気分転換もうまくできず、友達の輪にも入り損ね、潤はどんどん落ちこんだ。

私、やっぱり雨女にはなれないのかも……。

そんな潤とは対照的に、クラスではいつも目立っているグループがあった。

藤崎《ふじさき》蒼《あおい》と、蒼を慕う人たちだ。

彼女たちは、どうやらもともと仲の良い友達同士らしかった。そして、クラスのほとんどを占めるアメ女の幼稚舎上がりのエリート組グループのひとつでもあった。

エリート――というのも、雨女の教育が本格的におこなわれるのはあくまで大学からではあるものの、幼稚舎に入ると高校までのあいだに折に触れて関連教育を受ける機会があり、彼女たちはすでに雨女の仕事によくなじんでいた。加えて、幼稚舎への入学時はもちろん、進学のタイミングのたびに才能を測るためのテストがあり、いま残っているのはそれを通過してきた正真正銘の精鋭だった。

さらに、だ。潤が小耳にはさんだ話によると、蒼の親は世界的に有名な雨女であるらしかった。その人のことは潤もよく知っていた。かつて相方の雨女とたった二人で砂漠に雨を降らせつづけて緑化させたことのある人物で、最近は火星の緑化計画に関わっているという噂《うわさ》もあり、すごいなぁと憧れていた。

蒼はその血筋も関係してのことだろう、発展途上ながら、日頃からエリート組のなかでも突出した成績を残していた。座学では全科目でトップのようだったし、潤が目に見えて差を痛感したのは実技だった。

最初の屋内演習で、担任の先生はこう言った。

「雨を降らせるためには、二つのことが必要です。天と自分をしっかり同期させること。そして、心の中に雨を降らせることです。この二つができて初めて、現実世界に雨を降らせることができるわけですね。逆に、心の中の雨を止ませることで、現実世界の雨も止ませることが可能です。天との同期が切れたあとは、自然の秩序のままに天気は移ろっていきます。理屈はじつにシンプルですね」

ただ、と先生はつづけた。

「誰にでもできることではありませんし、たとえみなさんのように適性があったとしても、極める道は決して簡単ではありません。降雨範囲や雨量を調整する力はもちろん、雨雲が近くにないときに呼び寄せたり作り出したりする力も必要となります。みなさんには四年間でそれらの力を習得し、降雨管理局所属となるための国家試験に臨《のぞ》んでもらいます。合格しても一流の雨女になるためにはまだまだ先は長いですが、目下の目標はそこになります」

そうして潤たちは基本的な方法を教わったあと、トレーニングルームに連れられた。そこは体育館のような広い空間で、天井には本物と見紛《みまが》わんばかりの青空が広がっていた。

「ここに再現されているのはあくまで疑似的な天ですが、本物の天と同様に振る舞うようにつくられています。では、まずは私がやってみせましょう」

先生はいちど天井を仰いでからうつむいて、目を閉じた。

直後、疑似的な青空に灰色の雲がかかりだし、あっという間に真っ暗になった。雨が降ってきたのはそのときで、すぐにざぁーっと本降りとなる。

その雨を合羽《かっぱ》で受けながら、潤は目を輝かせた。

さすが先生……！

雨はそのうち上がっていって、先生は言った。

「では、順番に雨を降らせてみてください。最初は――」

クラスメイトが名前を呼ばれ、やる気に満ちた表情で進み出た。が、雨を降らせようと試みるも雨どころか頭上の景色は一切変わらず、すかっと晴れたままだった。

「そのあたりで。では、次の方」

交代したクラスメイトも失敗し、その後も誰も成功しないまま入れ替わりつづける。やがて潤の番がやってくるもやっぱり何も起こらずに、すごすごと後ろに下がった。

そんな中、蒼の番になって、潤は目を見開いた。

天井に灰色の小さな雲が現れたからだ。

直後、蒼の頬《ほお》をつーと一筋の涙が流れた。と同時に、ぽつぽつと雨が降りだした。

雨の量はほんの少しで、すぐに止みもしたけれど、みんなは「おおっ！」と声をあげ、潤も思わず拍手した。

「藤崎さん、すごい……！」

けれど、蒼は心底不服そうな表情だった。

「こんなのじゃ全然ダメでしょ。あんたたち意識低すぎじゃない？」

場が静まり返るなか、潤は「たしかに」と思って口にした。

「そうだよね……雨女になるなら、これくらいじゃダメだよね！」

「は？」

「私もがんばらないと！」

「何あんた」

蒼は鋭い視線を潤に送り、ほかのクラスメイトも「うわっ」とつぶやく。が、潤には届かず、ただただ闘志を燃やしたのだった。


日々はどんどん過ぎていき、クラスメイトはめきめき力をつけていった。屋内のトレーニングルームのみならず、屋外での演習では本物の天に対しても少しずつ雨を降らせたり止ませたりできるようになっていった。

特に蒼の進歩は目覚ましく、しっかり自分を制御して、先生が出す雨量や降雨範囲などの課題を正確にこなしてみせるのが常になった。

「蒼だけ別次元って感じだよね……」

周りの言葉に、潤も心の中で同意した。

一方の潤はというと、無意識のうちに天に同期してしまったり、狙っても同期できなかったり。雨量や降雨範囲のバラつきもひどかったり。

そんな潤に、蒼たちは冷ややかだった。

「これだから受験組は」

蒼の言葉に、周りもうなずく。

「なんでうちに入れたのかなー」「裏口でしょ」「才能ないなら、やめたらいいのに」

それらの言葉は潤の耳にも届いていた。が、悔しさよりも自分のダメさ加減に嫌気が差して、そう言われても仕方がないと受け入れた。

潤は失敗するたびに気持ちが乱れ、その振れ幅は大きくなって授業にも影響が出てしまう。

ある日、トレーニングルームで小雨を降らせる演習をおこなっていたときのことだった。

クラスメイトが次々と成功するなか潤の番がやってくるも、いつまでたっても雲ひとつ呼べずに焦りが一気に膨《ふく》らんだ。

私だけできない……！

なんだかわけが分からなくなってきて、潤はパニックに陥った。心の中にとつぜん黒いものが吹き荒れたのはそのときで、一瞬にして頭上にどす黒い雲がたちこめた。降りだした雨は豪雨と化し、猛烈に地面を打ちつけはじめる。

「……小淵《おぶち》さん！」

先生の声が聞こえてきて、潤はハッと我に返った。心の中に吹き荒れていたものはすぅっと収まり、天との同期も同時に切れる。

私、何を……。

呆然《ぼうぜん》としているうちに、雨は徐々に上がっていった。が、あたりは冠水状態で、とんでもないことをしてしまったらしいと青くなった。

「起きたことは仕方ありません。全員で水を抜きましょう」

先生からは怒られはしなかった。けれど、蒼も含めてクラスのみんなは表情を硬くしていて、いっそう呆《あき》れられただろうなと落ちこんだ。

職員室に呼びだされたのは、放課後のことだった。そこにはなぜだか蒼もいて、首をかしげていると先生が言った。

「小淵さんは、雨量のコントロールを覚えなければなりませんね」

先ほどのことを思いだしてうなだれる潤に、先生はつづけた。

「最初に教えた通り、心の中に雨を降らせる方法は人それぞれです。ストレートに雨の降るイメージを思い浮かべるような人から、喜怒哀楽などの感情を活用する人まで、いろいろです。

たとえば私は前者、藤崎さんは後者ですね」

潤のなかで、蒼の姿がよみがえる。蒼は雨を降らせるとき、いつも涙が頬を伝っていた。どういう感情を活用しているのかは分からなかったけれど、気持ちを作るのが上手なんだろうなぁと思っていた。

「そして小淵さん、あなたも感情を活用するタイプです。ただ、あなたの場合はきっかけになる感情がきちんと定まっていないことに加えて、たまたまうまくいったとしても、この頃は不安定さが目立ち意図せず力を解放しかけている節がありました。先ほどのことはその典型ですね。雨女が災害を招いては元も子もありませんから、あなたはその稀有《けう》な力をきちんと操るすべを身につけなければなりません」

先生の言葉はもっともで、潤はひたすら反省した。最近の自分の状態を見抜かれていたことにも恥ずかしさがこみあげてくる。

蒼が隣で口を開いたのは、そのときだった。

「先生、稀有な力って、何のことですか?」

けれど、先生は微笑《ほほえ》むばかりでそれには答えず、今度は蒼に向かってこう言った。

「ということで藤崎さん、力をコントロールするコツについて、小淵さんに教えてあげてくれますか?」

「えっ？」

「教えることも、また自身の上達につながりますから」

蒼が呼ばれていた理由を、潤はようやく理解した。蒼も何も聞かされていなかったようで、意表を突かれたような表情になっていた。

蒼は黙ったままで、潤もどう反応すればいいのか分からずにいると、先生が言った。

「話はこれで終わりです。では」

先生に送りだされ、潤と蒼は職員室を後にした。

蒼が再び口を開いたのは、二人になってすぐだった。

「あんたさ、何か隠してんでしょ」

「へ？」

「とぼけるつもり？　先生が言ってた力って何？　あのわけ分かんない雨量と関係あんでしょ？」

尋ねられるも、潤は戸惑うばかりだった。先生の言った「力」というのは雨女がみんな持っている力のことだと思っていたし、雨量の話も意味がよく分からなかった。

「えっと、その……」

潤がもごもごしていると、冷めた口調で蒼が言った。

「ふーん、ごまかす気なんだ。そっちがその気なら、別にいいや」

去ろうとする蒼に対して、潤は慌てて口にした。

「あっ、コントロールのコツは……」

「はあ？　なんで私が教えないといけないわけ」

蒼は顔をそむけて行ってしまった。


それからも、潤は周りとの差が開くばかりで、劣等感は大きくなる一方だった。

そんなある日、少しでも気分を変えなければと寮の裏から山に入って当てもなく歩いていたとき、急に開けた場所に出た。

広がっていた景色に、潤は思わず息をのんだ。そこには小川が流れていて、木漏れ日のなか、緑の苔《こけ》をたたえた岩がごろごろと転がっていた。

きれい……。

そのとき、森の奥からひょっこり顔を出した存在がいた。

つややかな毛並みの鹿だった。

「あっ、邪魔してごめんね……もう行くから」

とっさに言うも、鹿は気にせず潤のそばまで寄ってきて川の水を飲みはじめた。その様子に、潤も手で水をすくって飲んでみた。

「おいしいっ！」

鹿のほうに顔を向けると、視線が合った。

潤が、ふふっ、と微笑むと、鹿の表情もやわらいだように見え、心が休まるような思いになる――。

そんなことがあってから、潤はときどきその場所を訪れるようになった。鹿はどうやら近くで暮らしているようで、潤が行くと不思議と決まって姿を現し穏やかな時間を一緒に過ごした。

一方、教室での時間は相変わらず肩身の狭いもので、ときどき届く蒼たちの会話を教室の隅でぼんやり聞くという感じだった。

「そういえば蒼さ、この間のマッチング相手どうだったのー？　晴れ男の修行してるとかっていう人」

グループの一人が尋ね、蒼は答える。

「あー、てるてる坊主見習いね。お子さま過ぎて全然だったわー。なんであんなのとマッチングされなきゃいけないのって感じ」

蒼たちは、あははと笑い合う。

潤をさらに悩ませることがあったのは、ある日のホームルームでのことだった。

「みなさんも、もうすぐ二年生です。各自、希望する専攻について考えはじめておいてください」

雨学部しかないアメ女では、入学して最初の一年半は広く基礎を学び、二年生の後半から専門を深めるための専攻に分かれることになっていた。

突発的な雨を担う、瞬発力の求められる驟雨《しゅうう》専攻。

長くつづく雨を担う、持続力の求められる霖雨《りんう》専攻。

ほかにも、季節ごとの雨を担う梅雨《ばいう》専攻や、春雨《はるさめ》専攻……。

潤はどの専攻が自分に合っているのかよく分からず、頭を抱えた。と同時に、そもそも雨女になれないのではという不安もやっぱり膨らんでくる。

どうしたら……。

寮の外で予期せず蒼の姿を発見したのは、その日の夜のことだった。

蒼は険しい表情で電話をしていて、相手と言い合っているようだった。心配になって潤がつい立ち止まると、蒼は言った。

「これまでほったらかしだったくせに、今さら干渉してこないでよ！　私のことは私が決めるから！」

そうして蒼は電話を切った。

潤はなんだか放っておけず、そちらに近づき蒼に尋ねた。

「ごめん、聞くつもりはなかったんだけど……大丈夫……？」

蒼はビクッと反応したが、「あんたには関係ない！」と言って去っていった。蒼の頬には伝っているものがあった。その表情は蒼が雨を降らせるときのものと似ていてドキッとするも、深く聞くことはできなかった。


「今日、何するー？」

そんな声が聞こえてきたのは、ある日の放課後、潤が苔むすあの場所に行こうかなと思っていたときだった。発したのは蒼のグループの一人で、蒼が応じた。

「そうだなー、じゃあさ、マシュマロでも焼いて食べない？」

「焼くって、どうやって？」

「焚火《たきび》でもしよーよ。山に入れば、いい感じの場所はどっかあるでしょ」

別の一人が口にした。

「でも、勝手に火をおこしたりして大丈夫かな？」

「何ビビってんの？　バレなきゃいいだけでしょ。ってか、先生言ってたじゃん。今日はなんかの集まりで放課後いないって」

「そかそか、そうだった。ならいっかー」

そのとき、また別の一人が口を開いた。

「あっ、だけど、あの子が聞いてるかも？」

とたんに潤は、グループからの視線を受ける。矛先《ほこさき》が急に自分に向いてたじろいでいると、笑いながら蒼が言った。

「あんたさ、別に誰かに言ったりしないよね？　私ら、雨粒仲間なわけだし」

潤はためらいながらもこう言った。

「えっと、でも、焚火なんて危ないんじゃ……」

「は？　落ちこぼれの分際で意見すんの？　そんな暇あったら自主練でもしててくださーい」

何も言えないでいると、蒼はつづけた。

「ま、とにかく、言ったらどうなっても知らないから。じゃねー」

蒼はひらひら手を振りながら、グループのみんなと教室から出ていった。

藤崎さんたち、ほんとに大丈夫かな……。

潤は気になりながらも誰かに話すわけにもいかず、無理やり忘れていつもの場所に足を運ぶことにした。

その場所にたどりつくと、鹿がひょっこり顔を出した。何をするでもないけれど、潤は鹿と一緒に苔の織りなす瑞々《みずみず》しい空間のなかでのんびり過ごした。そして、日が暮れる前に別れを告げて、寮へと帰ったのだった。

潤が違和感を覚えたのは、山から戻って部屋でくつろいでいたときだった。何がどう、というのはよく分からなかったけれど、何かがおかしいと感じはじめた。

外が急に騒がしくなったのは直後のことで、窓を開けてみると寮の前に生徒たちが集まってきていた。うっすらと焦《こ》げくさいにおいも漂ってきて、潤も慌てて外に出る。

山のほうに視線をやると、もくもくと煙が上がっていた。

みんなの声も聞こえてくる。

「これって、山火事だよね……!?」「早く先生に知らせないと！」「でも、今日って出払ってる日じゃなかったっけ!?」

そのとき、山から駆け降りてきた人たちがいた。

蒼をはじめとしたグループだ。

「あなたたち、火事には巻き込まれなかった……!?」

尋ねた上級生に蒼は力なくうなずきつつ、苦々しい表情で切りだした。枯れ葉を集めて山の中で火をおこしたこと。それが周りに飛び火して、たちまち燃え広がったこと。

潤はその話を近くで聞いて、真っ先によぎったことがあった。

大好きなあの場所と鹿の安否だ。

気がつけば、潤はひとり駆けだして山の中へと入っていた。

いつもの場所にたどりついて確認すると、火の手こそまだ回っていなかった。が、火の気配はすぐそばまで迫っていて、ここに及ぶのも時間の問題だと潤は思った。

鹿の姿は見当たらず、悪いイメージが爆発的に膨らんでいく。

潤の中で、鹿は四方を赤い炎に囲まれて逃げられなくなっていた。苔は焼け焦げ、小川は干上がる。鹿は炎の中でもがき苦しみ、やがて倒れる……。

わぁっ！　と叫んだその瞬間、潤はパニックに陥って心の中に黒いものが吹き荒れた。その勢いは以前の比でなく、心の中はぐちゃぐちゃになる。

天はにわかに黒い雲で覆われて、一帯に雨が降りはじめる。

それはまたたく間にどしゃ降りとなり、あたりは激しい音に包まれる——。


蒼は生きた心地がしていなかった。

軽い気持ちでおこした火は風にあおられ、乾燥した落ち葉や木に燃え移った。

蒼は心臓の音を感じながらも、最初こそすぐに消せばいいだけだと自分に言い聞かせていた。が、火は即座に燃え広がって、自分たちの手には負えないことを全員が悟って逃げだした。

必死に走って寮まで戻ってきたとき、蒼は山から上がる煙を目にして戦慄《せんりつ》した。恐怖で取り乱しそうになりながらもなんとか踏みとどまって、居合わせた上級生に経緯を話した。

天に異変が起きたのは、上級生が自分たちで雨を降らせるべきかどうかを急いで話し合いはじめたときだった。

晴れ渡っていたはずの空がすごい勢いで黒い雲に覆われていき、ざぁっと雨が降りだした。

その場の全員が困惑しつつも、こう思う。

火が消える……！

実際、雨の量はすさまじく、山から立ち上っていた煙は程なくして収まった。

よかった、と全員が胸をなで下ろした。

けれど、それは束《つか》の間のことだった。

別の問題が浮上したのだ。

雨はしばらくしても弱まるどころか、さらに強まる気配を見せていた。

今や側溝はあふれかえり、あたりは浸水しかけている状態だった。上級生たちは打って変わって、今度は雨を止ませるための話し合いを開始する。

蒼が、あっ、と思ったのは、そのときだった。

災害級の、この感じ……。

「ねぇ、小淵潤、どこにいる⁉」

蒼は急いで周りに尋ねた。すると一人が、山に入る潤を見たと口にした。

直後、蒼は山に向かって駆けだした。

雨の山の危険は承知していた。潤の行き先に当てもなかった。が、この状況をどうにかするには行くしかないと即座に動いた。

そんな中、蒼が潤を発見できたのは幸運というよりほかない。

増水した川のそばでへたりこんでいた潤に、蒼は言った。

「ねぇ、この雨、あんたなんでしょ⁉」

声をかけるもその目はうつろで、肩を揺さぶっても反応はなかった。

「ちょっと！　さっさと止ませてよ！」

なおも叫ぶが、声は潤に届かない。

蒼は必死で考えをめぐらせた。

この子を学校まで担いで帰る？

いや、一人じゃ無理だ……。

誰かを呼んで戻ってくる？

いや、そのあいだにこの子が川に飲まれたら……。

頭の中に不意にある言葉がこだましたのは、そのときだった。

――大きな力には、ストッパーが不可欠なの。

見つけた、と蒼は思った。ただ、その方法を実践した経験なんて一度もなければ、自分にできるのかも分からなかった。

それでも、やるしかないと腹をくくる。

蒼は目を閉じ、同期しようと試みる。

その相手は天ではない――潤の心だ。

蒼は激しい雨に打たれながら、感覚を研《と》ぎ澄《す》ませていく。天に対しておこなうように、心身の境を透明にしていくイメージを持って相手の気配に接近していく。

いつもの天とは勝手が違い、何度も何度も失敗した。が、蒼はあきらめず試みつづけ、ついに潤の輪郭をとらえて同期することに成功した。

その瞬間、蒼は気を失いそうなほどの衝撃に襲われた。

雷鳴、暴風、豪雨。

潤の心の中に広がっていたのは嵐のような光景だった。

はあ!? なにこれ……！

少しでも油断をすると、すぐに吹き飛ばされて同期が切れそうだった。蒼は必死で食らいつき、今や自分自身のものでもある内なる嵐を鎮《しず》めようと奮闘しだす。荒ぶるものの一部を包みこみ、圧縮し、天へと返す作業を繰り返す。

どれほど時間がたったのか、最初に止んだのは雷だった。風もしだいに収まってきて、とうとう雨脚も弱まりはじめる。

あと少し……！

蒼は仕上げに取りかかる。

やがて雨は上がり切り、最後の雨雲が散っていく。

やった……！

えっ、と思ったのは、潤との同期を切ろうとしたときだった。

散っていく雲のなかに、蒼は見た。

優雅にうねりながら飛んでいく、細長い巨大な影を――。

潤は意識を取り戻してしばらくのあいだ、自分がどこにいるのかも何をしていたのかもよく分からなかった。が、そのうち思いだしてきて、慌ててあたりを見回し目を見開いた。

「藤崎さん……!?」

すぐ近くで地面に座りこんでいる蒼がいて、潤は尋ねた。

「なんでここに……⁉」

蒼は苦笑したのち、こう言った。

「とりあえず、火事はもう大丈夫だから。ほかはめんどくさいから、後で話す」

っていうか、と蒼はつづけた。

「あんた、龍神の血が入ってんでしょ」

「えっ？」

「さっき見たし、隠そうとしても手遅れだから。本家じゃないなら、分家なわけ？」

「えっと……ごめん、何の話……？」

まっすぐな瞳で尋ねる潤に、蒼はまた苦笑した。

「いや、ほんとに知らなかったってこと？　先生からも聞いてないの？　……にしても、ふつうは気づくでしょ、自分の力の源くらい。あんたたちって、みんなそうなの？　ママが言ってた通りじゃん。毎日こんなのの相手させられるとか、たしかにめちゃくちゃしんどいわー」

そこに至って、潤はあることを思いだす。

「あのさ、龍神って……もしかして、藤崎さんのお母さんの相方の人が持ってるっていう力のこと……？」

蒼は、そう、とうなずいた。

「なんか世間じゃ、あっちのほうばっかりもてはやされてるけど、ママが制御してないと、あんなのただの歩く災害なんだから」

初めて聞く話に、潤がほぇーとなっていたときだった。いつもの鹿が森の奥からひょっこり顔をのぞかせた。

「無事だったんだ！」

ほんとによかった、と潤は改めてへたりこんだ。

翌日、潤は戻ってきた先生に呼びだされたものの、力の制御のことを再びたしなめられただけで終わった。

一方、蒼たちは退学もあり得たと言われた上でひどく怒られ、一週間の謹慎処分を言い渡された。

その謹慎が明けた日、潤は寮から出たところで蒼と出くわした。自分の暴走を蒼が止めてくれたことは先生から聞いていて、潤は丁寧にお礼を伝えた。

そのあいだ、蒼はずっと無言だった。が、潤の話が終わると何か言いたそうな感じになって、なんだろうと思っていると蒼はこう口にした。

「……コントロールのこと、やる気があるなら教えてあげなくもないんだけど」

潤が目を見開くなか、蒼は早口で言葉を重ねる。

「勘違いしないで！　またアレを止めさせられるとか、勘弁してほしいだけだから！　あと、私、めっちゃ厳しいから！」

潤の中で、いろいろな感情が一気に膨らむ。

少しは認めてもらえたらしい……その喜びもあったけれど、それだけじゃなかった。

一度心が同期した影響だろう、蒼に暴走を止めてもらってからというもの、潤の中にはあのときうっすらと伝わってきた、蒼の心を占めている感情が残りつづけていた。それはどこまでも深い寂しさで、そんな蒼に少しでも寄り添いたいという気持ちが急速に大きくなってきた。

潤はなんだか昂《たかぶ》ってきて、思わずうるっとしてしまう。

その瞬間、天がにわかにかき曇り、雨がぽつぽつ落ちてきた。

「もう！　なんで無意識に同期してんの⁉　わけ分かんない変な乱れも！　そういうのをやめなって言ってんの！」

目を吊《つ》り上げた蒼に、潤は慌てて謝った。

「ご、ごめんなさい……！」

潤が目元を拭うと雨は止み、蒼はひとまずホッとする。

「じゃあ、遅れるからさっさと行くよ」

「うんっ！」

二人が歩きだしたその直後、たちこめていた雲が流れはじめた。

雲間から光が差しこんで、雨粒たちがキラリと光った。

第五話

泥の人々

泥団子づくりに夢中になる

さて、そろそろ発送の準備だ。

そう思った矢先、手元でピコンと通知が鳴って、私の心臓は跳ねあがる。画面を見ると、購入を知らせるメールが届いていた。かと思ったら、またピコンと音がして、よしよしよし、とぎゅっと拳《こぶし》をにぎりしめる。

一日分の品を送るべく、私はスタッフと一緒に倉庫代わりの隣の部屋に足を運ぶ。

棚にはずらりと並んでいるものがある。

手のひらに載るほどの大きさの美しい球——各地から仕入れた泥団子だ。

鮮やかに着色されたものから絵や模様が入ったものまでいろいろあるなか、私は今日最初に注文のあった金泥の背景に梅の木が描かれた泥団子を丁寧に取りだす。京都の作り手さんによる琳派《りんぱ》の流れを汲《く》んだ泥団子で、お目が高いなぁとうれしくなる。桐箱に入れ、海外の住所を伝票に書く。

大切にしてもらえたらいいな。

そう願いながらほかの品も梱包《こんぽう》していき、お客様のもとへと送りだす。


日本独自の芸術品、泥団子を海外に輸出する会社を起業しようと決めたのは、一年ほど前のことだった。もともと学生時代からいつかは何かで起業したいと考えていたなか、まずは商社に就職して力をつける道を選んでいた。そうして海外赴任を経験するうち、昔から好きな和のものを海外に紹介する会社を立ち上げたいと考えるようになっていった。

中でも泥団子を専門にした理由のひとつは、自分自身が小さい頃から特に魅せられてきたものだったからだ。実家の床の間には台座に据えられた泥団子が飾ってあって、物心ついたときから美しいなぁと感じてきた。就職して一人暮らしをするようになってからは少し距離ができていたけど、海外赴任の直前にたまたま訪れた百貨店である作品と運命的な出会いを果たすことになった。

ガラスケースの中に鎮座《ちんざ》する、白砂の表面に一本の青い線が筆で無造作に引かれた泥団子。それを目にしたとたん私は一瞬にして心を奪われ、欲しいと思った。ただ、値札を見るとひと月分の給料以上の金額が書かれていて、買うかどうか迷いに迷った。でも、最終的に海外に連れていきたいという気持ちが勝り、思い切って購入を決めた。

そうして赴任先のリビングに飾ったその泥団子は、眺めているだけでいつも心が静かになった。自分の中にあるトゲトゲしたものや乱れたものがだんだん丸くなっていって、真球《しんきゅう》に近づいていくような感覚になった。一本の青い線も、あるときは空を吹き渡る風のように感じたり、またあるときは山あいの清流のように感じたり、見るたびに味わいを変えておもしろかった。

そんなある日、我が家に遊びにきた現地の友人が、泥団子を見て「アメイジング！」と目を見開いた。

「なんなの、これ⁉」

前のめりであれこれ聞かれ、私は教えた。

泥団子は言葉の通り泥からつくる団子で、土を固めて転がしたり砂で磨いたりすることで完璧な球の形をつくりだし、着色などして完成させるものだということ。日本には昔から泥団子づくりを生業《なりわい》としている泥芸家《でいげいか》という人たちがいること。泥芸家は泥団子に適した良い土や砂が出る地域に工房をかまえることが多く、全国各地にそうして工房が集まった里のような場所が存在すること。

「私も欲しい！」

目を輝かせる友人に、こんな考えが頭をよぎった。

泥団子って、海外からの需要があるのかも……？

そして、あとからざっと調べてみると、海外の人が気軽に泥団子を手に入れられるような環境は全然整っていないことが分かってきた。

これはチャンスかもと興奮してきて、私はさらに調べてみた。すると、泥団子業界のおかれている厳しい状況についても知ることになった。

かつては至るところで見られた泥団子は今や廃《すた》れる一方で、私のように飾って楽しんでいる人は少数派らしかった。若い世代には泥団子をシニアの趣味だと思っている人も少なくないようで、存在は知っていても手に取らない人がほとんどだというデータも出ていた。

さらには、今の子供たちの大多数は泥団子をつくる遊びをしたことがないと知って衝撃を受けた。泥団子といえば、私の世代では誰もが一度は幼少期につくったことのあるものだった。もちろんプロのものとは比較にならず、完璧な球にも程遠ければ芸術性の欠片《かけら》もなかったけれど、とても楽しく、プロの手による泥団子に興味を持つきっかけにもなったように思う。

その点、今の子供たちも遊びのことを教えてあげると、良い反応がちゃんと返ってくるらしかった。が、土で満足に遊べる環境がなかったり、保護者が服の汚れを気にしてやらせたがらなかったり、そもそも遊び自体に触れる機会がないというのが実情のようだった。

一方、泥芸家は泥芸家で、需要の減少による経済的な打撃に加えて、作り手の高齢化と後継者不足の問題が深刻化しつつあることを知った。現状に危機感を持って動いている人もいるものの、なかなか打開策を見出《みいだ》せず、廃業する工房も年々増えているらしかった。

現状を知って、私はひとり奮起した。

好きなものが廃れていっているということにも我慢がならなかったし、大切な独自の文化を次の世代にしっかりつなげていきたいという想《おも》いも芽生《めば》えた。

そうして私は、まずは泥団子を輸出する会社を副業的に立ち上げて、終業後や休日を使って動きはじめた。オープンした通販サイトの反響は想像以上で、たしかな手応えを感じた。売上はどんどん伸びていき、すぐに片手間では回らない規模になってきた。

ここが勝負どころだ――。

私は腹をくくると、会社を辞めて帰国した。そして最小限の社員を集め、小さなオフィスで本格的に起業した。

仕事の量はありがたいことに日に日に増える一方で、新たな社員の採用に追われることになった。せっかく引っ越してきたオフィスもすぐに手狭になってきて、やむを得ずまた引っ越して拡大する。

新たな仕入れ先の開拓にも力を入れた。各地の工房を訪ね歩いて、品を扱わせてほしいと交渉するのだ。

そんな中、私は満を持してある工房を訪れることを決心した。

長年大切にしてきた、あの白に一本の青い線が引かれた泥団子をつくったところだ。そこは昔からつづく工房で、私の泥団子の作り手は現当主で次期人間国宝の呼び声も高い中村玉堂《なかむらぎょくどう》という人だった。後から調べて知ったときにはびっくりしたものだったけれど、道理であの泥団子に惹《ひ》かれたわけだと納得もした。

交渉のハードルが高いことは予想できた。でも、想いをすべてぶつけるぞ、と飛びこみで単身乗りこんだ。

玉堂さんの工房は山の中にあって、こんにちは、と作業場を覗いたとたん、私は呆然《ぼうぜん》としてしまった。砕けた泥団子があたりに散らばっていたからだ。

その真ん中で、玉堂さんはひとりイスに座って泥団子と向き合っていた。鬼気迫る様子で筆先を球にあてて何かを描いていて、声をかけられずに立ち尽くす。

直後、玉堂さんは顔をゆがめて手を止めた。かと思ったら、手にした泥団子を振りかざし、地面に強く投げつけた。

泥団子はものの見事に砕け散った。

絶句していると、玉堂さんと目が合った。

「なんだ、あんたは」

「い、いきなり来て申し訳ありませんっ！」

慌てて頭を下げながら、名刺を差しだし自己紹介する。

そして私は、玉堂さんの泥団子が与えてくれたものへの深い感謝を伝えようとした。自分の会社のことを説明し、泥団子をもっと広めたいという想いを話そうとした。

けれど、玉堂さんは名刺を受け取ってくれず、こう言った。

「はっ！　あんたか。最近、界隈《かいわい》をうろついているというやつは」

えっ、と混乱していると、玉堂さんはつづけた。

「どうやら海外におれたちのものを売ろうとしているらしいな。海の向こうのやつらなどに泥団子のよさが分かるはずがないだろう。いくらこの業界が厳しくても、魂まで売って生き残るつもりは毛頭ない。おれたちをあなどるなよ。金儲《もう》けなら、よそでやってくれ」

「いえ、そうではなくて……」

とっさに説明しようとするも、途中で言葉をさえぎられた。

「部外者は首をつっこむな。帰ってくれ！」

玉堂さんはそれきり口を閉ざして作業に戻った。

誤解です、と伝えたかった。想いを聞いてほしかった。

けれど、尊敬する人からの強い言葉にショックを受けて、何も言うことができなかった。無言のまま作業をつづける玉堂さんに、私は帰らざるを得なかった。

玉堂さんに限らず、その後も誤解や偏見による拒絶はいろいろな場面で経験して、そのたびにざらっとしたものは残った。でも、想いに共感してくれる人も多くいて、前を向いてやらなければと必死で進みつづけた。

事業はますます拡大していき、取材を受ける機会も増えた。そんなとき、私は余すことなく思うところを相手に伝えた。

素晴らしいものが廃れていっていることへの危機感。そして、文化を次の世代につなげたいという想い……。

直接的な営業活動だけでなく、泥団子を広く知ってもらうための施策も積極的に仕掛けていった。

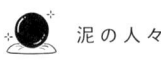

そのひとつが、日本を訪れた人たちに向けた泥団子づくりのワークショップだった。絵付けだけする簡単なものにはじまって、土づくりからおこなう本格的なものまで、体験してくれた人は楽しげに泥団子づくりに励んでくれた。

工房の見学ツアーも定期的に開催した。初めて現場を見る人たちは、ただの土が真ん丸の球になり、さらには彩り豊かな逸品へと変わっていく様子に毎回感嘆してくれた。

「オーマイガッ！」「魔法のようだ！」「ゴッドハンドだ！」

そんなあるとき、衝撃的なことが起こった。

世界的なＩＴ企業の創業者が、インタビュー動画のなかで泥団子の話題に触れてくれたのだ。その人物はいくつも泥団子を所有していて、アイデアを考えるときには気分に応じてひとつを選び、じっくり向き合うのが習慣なのだと語った。

――足を組んで畳に座って、泥団子に集中するんです。そうすると自然と瞑想《めいそう》状態になっていき、アイデアが湧いてくるんですよ。

うちのサイトは、気づいたときにはアクセス超過でパンクしていた。私たちはうれしい悲鳴を上げながら、対応に追われる――。


それを機に、泥団子の世界的な認知度は一気にあがった。

海外のハイブランドとのコラボも次々と実現した。ファッションブランドのロゴが刻まれた泥団子や、ジュエリーブランドのイメージカラーに彩られた泥団子が発表されたり。高級車の広告に、市松模様の巨大な泥団子が使用されたり。

それらは私たちが直接関わったものもあれば、そうでないものもあった。いずれにしても、泥団子の盛りあがりはこの上なくうれしかった。

海外からの評価を受け、国内の状況も変わってきていた。

どうやら泥団子にはかなりの価値があるらしい。

そう気がついて、関心を持つ人が増えてきたのだ。若年層のなかでも古くさいイメージが刷新されて、泥団子はかっこいいと手に取ってくれる人が続出した。

私たちにはまだまだやるべきことも、やりたいことも、無数に存在していた。でも、今のところ事業は極めて順調といえた。

ただ、私の中でずっとくすぶっていることがひとつあった。

忘れる努力をするべきだと考えた時期もあったけれど、どうしてもそのままにはしておけず、私は時間を都合して行動に移した。

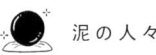

たどりついたのは、玉堂さんの工房だった。
品を扱わせてほしいとまで言うつもりはなかった。でも、尊敬している人だからこそ、誤解されたままなのはイヤだった。
作業場を覗いてみると、玉堂さんは相変わらず鋭いまなざしで泥団子をつくっては、不満そうに地面に投げつけ壊していた。その様子にひるみそうになりながらも、話しかけようと決意する。

とつぜん後ろから声をかけられたのは、そのときだった。

「スミマセン、ナニカ、ゴヨウデスカ?」

びっくりして振り返ると、作務衣《さむえ》姿の青年が立っていた。

お弟子さんかな……。

そう思っていると、玉堂さんがこちらに気づいた。

「……あんたか」

私は慌てて挨拶しつつも、気になって青年のことを尋ねてみた。すると、玉堂さんはどういうわけかバツの悪そうな表情になった。

「いや、こいつはあれでな……」

しばらくのあいだ、玉堂さんは言い訳するようにもごもごしていた。が、急に沈黙したあとで、こう口にした。

「この前はすまなかったな……どうやら、おれが間違っていたようだ」

「えっ……?」

困惑していると、玉堂さんはどこかに行って戻ってきた。手にしていたのは、私のインタビューが掲載された新聞だった。

「あんたの想いは読ませてもらった。それに、泥団子のよさを感じるのに国など関係ないことも学んでな……」

玉堂さんがぽつぽつ話してくれたところによると、最近は作品に関する海外からの問い合わせが激増しているらしかった。初めこそ、どうせ何も分かっていない連中からだろうと決めつけて、まともには取り合っていなかった。が、直接訪ねてくる熱心な人たちとしぶしぶ会話をするうちに、自分の誤りに気づかされた。

「泥団子は、本当に海の向こうにも届いていたんだな。あなどっていたのは、おれのほうだった」

そして、玉堂さんは隣の青年のほうに視線をやった。

「まあ、こんな若いやつまで一丁前に泥団子を語るのには驚かされたが……いや、泥団子のよさを感じるのに年も関係ないということか」

私はいろいろな思いがこみあげてきて、なんだか胸がいっぱいになった。

「あの、玉堂さんの泥団子、うちで扱わせてもらえませんか……⁉」

そう申し出ると、玉堂さんはうなずいた。

「もちろんだ。あんたが手がけてくれるのなら、こちらから頼みたい」

それからというもの、玉堂さんとの距離は急速に縮まっていった。会ったときに軽口を交わし合うようになるまで、そう時間はかからなかった。

「玉堂さん、新しい作品のほう、いかがですか？」

工房に顔を出して尋ねると、こんな答えが返ってくる。

「まだだな。まあ、あと一〇〇年くらいは待ってくれ」

「いいですけど、くれぐれも壊した泥団子の山には埋もれないでくださいね！」

私たちはよきパートナーとして笑い合う。

そんな玉堂さんから連絡があったのは、ある日のことだった。

「あんた、明日は暇か？」

「明日って、またいきなりですねぇ」

ツッコミつつも、私は尋ねる。

「都合はつきますけど、どうされたんです？」

「いや、まあ、とりあえず来てくれないか」

「はあ……」

その翌日、私は指定された場所、保育園へと足を運んだ。

ここで何があるんだろう……。

門の前で待っていると、玉堂さんが中から出てきた。

「おぅ、来たか」

私は改めて意図を尋ねた。すると、玉堂さんは照れが混じったような口調で言った。

「あんた、いつかの記事で、次の世代に文化をつなげたいと言っていたろう？」

「ええ、まあ……」

戸惑いながらもうなずくと、玉堂さんはそっぽを向いて言葉を重ねた。

「なんだ、別にそれがきっかけなわけではないがな、知り合いを通じてやりはじめたことがあってだな……」

よく分からないながらも、私はもごもご言う玉堂さんのあとにつづいて園に入った。

案内されたのはグラウンドの一角で、広がっていた光景に目を見張った。

たくさんの園児が一心不乱に泥団子をつくっていたのだ。

「基礎はすでにたたきこんだ。いい品があったら、引き取ってやってくれよ。あんたを連れてきたのは、そのためなんだからな」

玉堂さんははぐらかすように笑ったけれど、真意が伝わり胸がじんと熱くなる。文化をつなげたいという想いに共感してくれただけじゃなく、こうしてわざわざ広める活動にも取り組んでくださるなんて……。

最高の景色を見せてもらって、気合いが入る。

もっともっと、がんばらないと――。

驚くべきことが起きたのは、そのときだった。

園児たちが次々と立ち上がり、こんな声をあげだしたのだ。

「ぜんぜんダメだ！」「うまくいかない！」「やり直す！」

直後、目の前に現れた光景に私は思わず苦笑した。

いや、理想が高いのは悪くないけど、教育的にもそこは真似《まね》しなくても……。

園児たちは顔をゆがめて、手にした泥団子を振りかざす。そして、地面に向かって勢いよく投げつけ砕きはじめた。

第六話

私語感染

静かになるまで、5分かかりました

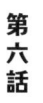

生徒たちがクラスごとにぞろぞろと体育館に入ってきて、順番に床へ座っていく。

扉から吹きこむ風に秋の気配を感じているうちにも、中1から中3までの全員がそろう。

私は全校朝会をはじめるため、校長と教頭を背にスタンドマイクの前に立った。

しかし、生徒たちは私のことなど気にせずに、おのおの近くの人と私語に夢中になっていた。

体育館がざわざわするなか、私は何も言わずにただただ静かに様子を見守る。

やがて、ざわめきは波が引いていくように自然と収まっていった。私は手元のストップウォッチを見ながら口にした。

「静かになるまで、5分かかりました」

生徒たちがシーンとするなか、私は朝会を開始する。

校長が壇上にあがり、生徒たちへ話しはじめる。

それから少したった、ある日のことだ。

全校朝会をはじめるべく、私はいつものようにスタンドマイクの前に立った。生徒たちが全体的にざわざわするなか、ストップウォッチをスタートさせる。

異変を感じたのは、5分が近づいてきたころだった。私語は収まるどころか加速していき、大きなうねりと化しはじめていた。

5分を過ぎて、5分30秒、40秒、50秒。

そして、6分。

その瞬間、私はざわめきに負けないような大声で言った。

「みなさん！　6分を超えても静かになりませんでした！」

私はつづけた。

「基準時間を超えました！　全校での私語感染が認められます！」

生徒たちは、耳栓をした教員たちによって教室へと帰されはじめる。その間も私語はまったく止まらなかったが、おのおのが教室で吸音マスクを身につけたところで、ようやく学校に静けさが戻った。

が、それはあくまで表面上の話に過ぎなかった。

廊下から各教室をチラリとのぞくと、どの生徒も何かを話したそうにウズウズしていた。き

っとマスクを取っていいと伝えた瞬間、たちまち私語は再開し、巨大なざわめきの渦《うず》へと発展していくに違いなかった。

その光景を想像してぞっとするなか、生徒たちが下校をはじめた。学級内でのことならば、まだ個人の出席停止か学級閉鎖で済んでいた。が、全校で見られたからには国の規定で四日間の臨時休校としなければならなかった。

生徒たちが帰ったあとで、校長によって教員全員が集められた。

「クラスターが発生してしまった以上、休校はやむをえません」

ですが、と校長は顔をしかめてこうつづけた。

「みなさんの日頃の指導で避けられた部分もあったのではないでしょうか」

教員たちは沈黙する。

そのとき、前方へ躍りでた影があった。

教頭だ。

「いっやー、校長先生のおっしゃる通りです」

教頭は何度も同意を示したあとで、私たちのほうにねめるような視線を向けた。

「先生方は、この事態を重く受け止めてください。無責任な行動のしわ寄せは、すべて校長先生にいくのですよ？　特に中3は受験シーズンが近づいていています。私語はしょせん、甘えです。

みなさん、しっかり自覚を持って指導にあたってください。ですよね、校長先生？」

「うむ」

校長は尊大な態度でうなずいた。

そんな校長に、教頭は言った。

「ささ、お茶をお淹《い》れしますので、どうぞひと息つかれてください」

校長と教頭は、二人して校長室へ消えていった。

その姿を見送ったあと、私は内心でため息をついた。ほかの教員も同じ気持ちのようで、みんな口には出さないものの、お互いに視線をかわして苦笑を浮かべる。

いつも通りの教頭のごますりにも、心地よさそうに受け入れる校長にも辟易《へきえき》した。が、それ以上にどっと疲れを感じたのは、二人の無理解に対してだった。

私語の一部、特に過度な私語はウイルスが引き起こしている――そんな研究結果が発表されたのは数年前のことだった。

それまでは、私語というのは当人たちの意志の弱さや、緊張感の欠如などによって生まれるものだとされていた。もちろん、そういったことに端を発する私語も少なくなく、その意味では指導が必要であることには違いなかった。が、それらは注意したり放っておいたりすることで収まる正常な私語で、研究では根本的に仕組みの異なる私語が存在することが明かされた。

それが、〝私語ウイルス〟による私語だ。

声を介して耳から感染するそのウイルスには思春期の人がかかりやすく、症状の程度には個人差があるものの、罹患《りかん》すると近くの人に話しかけずにはいられなくなるのが一般的な症状とされている。

この私語ウイルスによって生まれた私語でも、誰かが注意することで一時的に収まることもある。そこが正常な私語と区別がつきづらく厄介なところなのだが、ウイルスの仕業である場合は当人たちの意思とは無関係に遅かれ早かれまた私語は再開される。適切に対処をしないと話し声は大きくなり、周りにもどんどん広がっていって収拾がつかなくなる。

声を介して感染するといっても、話しかけられてすぐにうつる可能性はゼロに近いらしかった。が、感染者と一定時間話すと閾値《いきち》を超えてにわかにうつる可能性が出はじめて、私語をすればするほどうつりやすくなるという。

私語ウイルスの存在が明らかになっていなかったひと昔前は、私語がエスカレートした末に学級崩壊に至るケースも散見された。けれど、いまは感染が確認された時点でその生徒の出席停止、あるいは学級閉鎖や今回のような休校措置を取ることで最悪の事態を避けられるようになった。精度の高い吸音マスクや耳栓などが登場したことも大きく、学校側の負担はかなり減った。

にもかかわらず、世間だけでなく学校関係者にも無理解な人はまだまだ根強く残っていた。そして、私語は甘えだ、などと、ことあるごとに乱暴な言説を振りまいた。
うちの校長と教頭のように――。

その日の夜、帰宅して妻に今日の出来事を話していたときだった。テレビから、各地で若者を中心に私語が流行《はや》っているというニュースが流れてきた。

その結びにアナウンサーは言った。

「……若年層に比べると大人が私語に感染する可能性は低くはありますが、感染した際の重症化リスクは高いことが報告されています。日本私語学会《にほんしごがっかい》は、人の多い場所では耳栓やイヤホンをする、近くの人から関係のない話題で話しかけられても応じないなど、基本対策をおこたらないよう注意を呼びかけています」

ニュースは次の話題に移るなか、妻が言った。

「やっぱ流行ってるんだね……うちの会社の取引先でも少し前にクラスターが出たみたいでさ。重症化した人もけっこう多かったらしくって」

妻は話す。

その会社では、私語の蔓延《まんえん》で会議はおろか、業務がまったくおこなえない状態になったという。特に重症化した社員同士は、出社すると恍惚《こうこつ》とした表情で大声でぺちゃくちゃしゃべりだす。当人たちは一見すると会話をしているように見える。が、実際は話がまったく嚙《か》み合っておらず、それぞれが好き勝手にしゃべっている。当人たちは何も気にせず、目を異様に輝かせながら一人語りをしつづける。

もちろんリモートに切り替えてもダメで、ひとたびオンライン会議がはじまると社員は勝手にマイクをオンにしてしゃべりだす。ホストの権限でミュートにしたところで、今度はみんなが見られるオープンなチャット欄で関係のないやり取りをしはじめて、やはり一人語りにつながっていく。

その会社は何とか事態を隠そうとした。が、結局は国の知るところとなり、現在は業務の停止を命じられている。

「そんな状況を招いた根っこには、どうも社長の無理解があったみたいだね。私語に感染した社員が病欠を申し出ても、社長は『どうせどこまで行っても命にはかかわらないんだから』って鼻で笑って強制的に出社させてたらしくてさ。これまではたまたま軽症の人しか出てなかったから明るみにでてなかったっぽいけど、そういうリテラシーの低い会社とは付き合えないから、うちも先方の対応しだいで今後の取引を考えてるところだねー」

「なるほどなぁ……」

私の頭の中によく見知った二人の顔が浮かんできて、改めてその話も妻にする。二人して、はぁ、とため息をつく。

そのあとで、妻が言った。

「そういえば、今年は予防摂取したんだっけ？」

「いや、バタバタしてたらすっかり忘れちゃっててさ……」

私語ウイルスに感染する可能性は一年中あるものの、秋ごろから子供たちを起点に流行りだすのが毎年の恒例になっている。二学期になって、一学期にあった生徒間での硬さが取れて関係性が深まることで、私語ウイルスの活動が活発になるのが要因だという。

だから、その時期に合わせ、さまざまな方法で私語への免疫を高めておこうとする人は少なくない。特に耳から感染するということもあり、ちまたでは〝耳の免疫力アップ〟が謳《うた》われていて、ある人は毎日耳に蒸しタオルを当てて血流をよくしたり。ある人は、専用のクリームを耳に塗《ぬ》ったり。が、じつのところ、その多くは科学的な根拠が曖昧《あいまい》らしかった。

そんな中、科学的に一定の効果が見込まれている方法が予防摂取だ。

「もうクラスターは出ちゃったけど、この休校期間に行っとくかぁ……」

私はさっそくクリニックに電話をかけたのだった。

予約はなんとか二日後に取れ、私はその場所を訪れた。

順番が回ってきて通されたのは防音仕様の個室だった。ヘッドフォンを身につけると、ささやくような声が流れてきた。明らかに私に向かって、こそこそと話しかけてきている感じがする。

声には私語ウイルスが含まれていて、聞きつづけると私語に感染するようになっている。が、ウイルスは無毒化されているので基本的には悪化することはない。

この、私語を摂取して免疫をつける方法——それが予防〝摂取〟というわけだ。

「なぁなぁ、昨日配信されたばっかのあの番組、見た？」

「ねぇねぇ、あのアイドル、俳優Fと付き合ってるって、知ってる？」

流れつづける私語を、私はひたすら聞きつづける。

やがて摂取を終えてクリニックを出てからも、誰かからずっとうっすら話しかけられているような感覚があった。

予防摂取の副反応だ。

翌日には消えるものの、何度経験しても慣れないなぁと私は思う。

その夜、別の副反応も現れた。ついつい妻に話しかけてしまうのだ。

「早く寝たら？」

笑いながら言われてハッとして、さっさと寝室へ向かったのだった。

校長によって教員が招集されたのは、学校が再開してすぐのことだった。

「今日は、保護者の方からいただいたお叱《しか》りの言葉を共有させてもらいます」

そう言って、校長は話した。

ことは前日の夜に起こったらしかった。保護者の一人がとつぜん校長室にやってきて、先日の休校で授業が遅れ、受験に支障が出たらどうするんだと目を吊《つ》りあげた。さらには、こんなずさんな指導体制で、受験当日に我が子が私語に感染していて試験にならなかったらどうするつもりだ、ともまくしたてた。

「あなたは分かってるんですか⁉ 受験会場で隣に話しかけでもしたら、すぐにつまみだされるんですよ⁉」

校長はその保護者をなんとかなだめ、一応は帰ってもらえた。が、次に学級閉鎖や休校になったらややこしいことになりそうだと口にした。

私は保護者の不安な気持ちは理解しつつも、また無理解派か、とほかの教員と一緒に内心で疲れ果てていた。クラスターが発生した以上は休校にせざるを得ず、私語ウイルスも指導でどうにかなるものではないのだけれど……。

それに、だ。受験会場で私語が発生した場合、たしかに当事者は教室から連れだされる決まりになっている。が、吸音パネルで区切られた別会場に移動して試験を再開できたり、重症の場合は日を改めての再試験が認められていたりもする。

それを知っているのか、いないのか……。

そのとき、教頭がもみ手をしながら口を開いた。

「校長、困難なご対応、誠にありがとうございましたぁっ」

教頭はつづける。

「ご意見はごもっともで、先生方にはやはり指導を徹底していただかねばなりませんね。保護者様には、後ほど私のほうでお詫《わ》びの菓子折りを持参しておきます」

いやいや、ダメでしょ……。

そう思ううちにも、教頭は興奮気味にさらに言う。

「そもそもですよ？　よい指導ができていないことはもちろんですが、子供たちも子供たちで最近は軟弱でいけませんよ。日頃からおとなしすぎて、あんなでは耐性がつくはずもありません。私語ウイルス？　はっ！　校長も以前おっしゃっていましたが、私もそんなのにかかったことなど一度もありません。耐性がついているんですね。何しろ、私が子供の頃など日常的な私語はもちろん、自習になんてなった日にはずっとしゃべりっぱなしで勉強なんて一切やりませんでしたから。それに比べてなんですか、今の子たちは。真面目《まじめ》といえば聞こえはいいですが、そんなですから私語ウイルスなどにかかるんですよ」

周りの様子をうかがうと、校長以外の全員が不快そうな表情をしていた。

過去は人それぞれで、問いただすつもりもないけれど、もう少し立場をわきまえてほしいものだった。そして、教頭が口にした経験談はおそらく私語ウイルスの仕業と思われ、今はまさにそういう状況を避けられるようになったのが進歩なのだけどな、とも呆《あき》れてしまう。

校長だけが、うむ、と満足げにうなずいた。

休校をへて、それからの学校生活は元の通り平穏なものになった。

私語ウイルスの感染者はときどきは出るものの、個別の対処でことなきを得て、クラスターに発展することはなかった。授業や集会で私語が発生しても正常なたぐいのもので、注意するか放っておくかですぐ収まった。

そんなある日のことだった。

全校朝会がはじまる前、私が職員室で会の準備をしていると、珍しく教頭に話しかけられた。

「先生は今年の甲子園《こうしえん》は見られましたか?」

急な話に面喰《めんくら》いながら、私は、いいえ、とかぶりを振った。

「見てませんが……あの、それが何か……?」

「何って、もうすぐプロ野球のドラフトではありませんか。甲子園で三打席連続ホームランを打った宮西《みやにし》あたり、一位指名するところは多いでしょうね」

「はあ……」

私は適当に相槌《あいづち》を打ちながら時計を見る。

「えっと、教頭、そろそろ私たちも行かないと……」

「うん？　……ああ、そうでした。行きましょう」

思えば、その時点から教頭の様子は変だったのだ。

私が体育館に行き、ぞろぞろと入ってくる生徒たちを見守っていたときだった。ふと視線を向けた体育館の前方で、校長と教頭がイスに座って何やら話しこんでいるのが目にとまった。それだけなら日頃から見る光景で、また教頭がごますりでもしているのだろうと思った。が、私も前方に行ってみると、二人のこんな会話が耳に届いた。

「校長も、やはり宮西ですか。何球団が一位指名するとお思いですか？」

「そうだね、私は一〇球団と予想するね」

「ははあ、宮西のことを相当買っていらっしゃるんですね」

「きみは、ほかに注目選手は？」

「いっやー、今年は豊作ですからねぇ。ピッチャーでいいますと――」

二人の声はどんどん大きくなっていっていた。それに伴い、会話も微妙に嚙み合っていないものに変わりはじめる。

私は全校生徒がそろったところで、スタンドマイクの前に立った。

生徒たちはシーンとするなか、校長と教頭の声だけが体育館に響き渡る。

「ところで校長、来年はどの球団が優勝すると?」

「いやいや、まさに。私も本牧《ほんもく》のメジャー挑戦には反対ですね。いくらなんでも、まだ早いでしょう。球団への恩返しが全然足りていませんよ」

「さすがのご慧眼《けいがん》です。来年もBクラスかと思いこんでいましたが、たしかにそう言われると優勝するかもしれないと考えを改めました!」

「それに対して、下田《しもだ》はそろそろ日本に帰ってくるべきだと思いますね」

二人はなおもしゃべりつづける。

状況は明らかだったが、一応はストップウォッチを確認してから私は言った。

「校長、教頭……6分を超えても静かになりませんでした」

それでも私語は加速するなか、校長と教頭はほどなくしてやってきた担架に乗せられた。運ばれながらも虚空《こくう》に向かって一人語りをつづける二人は素人目《しろうとめ》にも重症化していて、しばらくのあいだは防音施設で隔離生活だろうなと思われた。

感染に至った経緯は不明だった。が、何にせよ、これに懲《こ》りたら私語は甘えなどという考えは改めてほしいものだなぁ……。

校長と教頭を見送ると、私は体育館へと戻ってきた。

一連の騒動を受け、生徒たちはざわざわしていた。

会を仕切り直すべく、私はスタンドマイクの前に立つ。

生徒たちは依然として私語に夢中になっている。

しかし、やがてざわめきは収まった。

私は手元のストップウォッチを見ながら口にした。

「静かになるまで、5分かかりました。校長たちからの感染は、今のところは確認されていませんね」

第七話

退会の旅

退会ページが見つからない

クレジットカードの明細が村田《むらた》のもとに届いたのは、ある日のことだった。バイト暮らしの日々のなか、ふだんは見ても憂鬱《ゆううつ》になるだけなのでそのまま書類ボックスに放りこむのが常だったが、この日はなんとなく気になり開いてみた。

うん？　と思ったのはそのときで、「キュートランド」という名義で数百円ほどの支払いがあることに気がついた。

これって、なんだったっけ？

村田は書類ボックスをひっくり返し、過去の明細も確認してみた。すると、支払いは三か月前から発生していたことが発覚した。

次に請求主のことを調べてみると、あるサービスの運営元がヒットした。それは世界のかわいい生き物の動画が定額で見放題というサービスで、そういえば、と思いだす。一か月無料キャンペーンという言葉につられ、前に登録したなぁと。当時の村田は気まぐれにアプリを開き、ノビをするライオンや穴を掘るウサギ、貝を割るラッコなどの短い動画をだらだら眺めたものだった。が、しだいに飽《あ》きて見なくなり、今の今まで登録したことすら忘れてしまっていたのだった。

もったいないことをしたな……。

村田は後悔しつつ、早く退会しないと、とすぐにサービスにログインした。

しかし、眉をひそめる事態が待ち受けていた。

退会ページが見つからないのだ。

タブを見てもズバリという項目はなく、関係していそうなページを村田は順番にタップしていく。途中で嫌気が差してきて、問い合わせたほうが早いのではと思いはじめるも、電話番号もフォームも見当たらず仕方なくサイトの中を探しつづける。

ついに糸口をつかんだのは、しばらくしてのことだった。Q&Aからたどっていった先の先、出てきたページの半端な位置に、小さな文字で「退会はこちらから」と書かれているのを発見した。

やっとか、と疲れを感じながらタップすると、こんな文言が表示された。

——退会手続きのページに遷移《せんい》しますが、よろしいですか？

迷わず「はい」を選択するとページが変わり、また別の文言が表示された。

――いま継続いただくと半年間の無料キャンペーンが適用されますが、退会でよろしいですか？

そんなのにはつられないぞ、と村田は「はい」を選択する。

――本日退会された場合でも、今月の残り期間分の払い戻しはございません。月末に退会されたほうが明らかにお得ですが、よろしいですか？

一瞬、損得勘定が働くも、ここでとどまってはまた退会しそびれるだけだと「はい」を選ぶ。

――ホントのホントに退会ということでよろしいですか？

しつこいしフランクだなと思いながらも「はい」を選ぶ。

――最後に、退会理由をお聞かせください。

適当に項目を選んで次に進む。

さあ、やっと退会できる……。

そう思ったときだった。

ページが変わり、こんな文言が表示された。

――退会のご意思を承りました。いずれかの退会窓口へお越しください。

それと同時に、すぐ下に窓口の位置を示すピンのたくさん立ったマップが現れた。

村田は思わず、えっ、と声をもらした。

WEBで完結できないの……?

詐欺《さぎ》だ、と思った。そして、相談できる機関を即座に調べて電話して、事情を話した。ところがだ。

オペレーターから返ってきたのは、こんな言葉だった。

「誠に恐れ入りますが、そのような場合は窓口で退会手続きをおこなっていただくより他にございません」

オペレーターはこうつづけた。

お客様は神様だという風潮がいっそう強まり、サービス利用者のモンスター化が深刻になっていた昨今、状況を改善するため、数年前からサービス提供者を守るような法律が施行されたのだ、と。その新たな法律は既存の法律との矛盾があるまま強引に通され、結果、退会手続きを対面でしかおこなえなくすることがグレーゾーンの中で可能となった。そして実際、そうする事業者が現れて、今も増えつづけている。

サービス利用者からは抗議の声も上がっている。が、現時点ではサービスの規約に書かれているなら不当だとは言い切れず、トラブルがあった際には当事者間でやり取りして解決してもらうしかない……。

村田は困惑しながらも、電話を切っていろいろ調べた。すると、どうもオペレーターから聞いた話は事実らしいと分かってくる。ろくに読んでいなかったキュートランドの規約も確認すると、たしかに退会は窓口でしかおこなえないと書かれていた。

もやもやしつつも、こう思う。

これは行くしかなさそうだなぁ……。

次にバイトが休みの日、村田はマップに表示されていた場所のうち、一番近いところに足を運んだ。そこは渋谷《しぶや》の雑居ビルの一室で、インターフォンを鳴らしてみた。

しかし、何度鳴らしても反応はなく、今度は扉をノックした。

突然声をかけられたのは、そのときだった。

「そこでしたら、先月出ていきましたよ」

振り返った村田に対して、ビルを管理しているというその人は再び言った。引っ越したのか閉めたのか、いずれにしても、入っていた事業者は部屋の契約更新タイミングで出ていった、と。

その人も詳しい事情は知らないようで、村田は帰らざるを得なかった。

窓口がなくなってるのは、さすがにひどい……！

そう憤慨しながら改めてマップを開いてみると、隅っこのほうにアリのような小さな文字でこう書かれていた。

——各窓口の最新の状況に関しましては、現地で直接ご確認ください。

きぃっ！　と叫びそうになるのをなんとかこらえて、村田は思う。

こんなサービス、さっさと退会してやる！

マップを見ると、窓口の位置を示すピンは全国各地にたくさんあった。にもかかわらず都内にあるのは渋谷のみで、地銀かよと思いながら、次に近い場所に行くことにする。

休みの日にやってきたのは、大宮《おおみや》の繁華街だった。が、その一角にあるはずの窓口は飲食店になっていて、店の人に尋ねてみると一年前の段階ですでに空き物件になっていたと教えられた。

ここもか……！

次に訪れたのは湘南《しょうなん》のビーチだった。ピンは海の家があるあたりを示していて、どういうことだろうと思いながら中をのぞくと、浮き輪やバナナボートをレンタルできるカウンターの横に「キュートランド　退会窓口」という紙が貼られたカウンターがあった。

なぜここにという困惑よりも、やったぞ、という気持ちのほうがまさっていた。

村田は思う。退会ついでに、たっぷりクレームを入れてやろう、と。

ただ、窓口には人影がなく、よく見ると「休憩中」という小さな札が立てられていた。時刻はちょうど昼時で、ランチにでも行っているのだろうと外で待つことにする。

しかし、いくら待っても誰も来ず、村田はしびれを切らして隣のレンタルカウンターの人に声をかけた。

「すみません、ここの方って、いつ頃戻ってくるか分かります？」

その人は、いえ、とかぶりを振ったあと、しばし考える様子を見せてから口を開いた。

「そういえば、もうずいぶん誰の姿も見てないですねぇ」

「いつからですか……？」

「さあ、言われてみれば去年も一度も見なかったような」

ウソだろうと目をみはりながら、村田は悔しさが一気に膨《ふく》らむ。

またか……！

村田の退会窓口を探す旅は、そんなふうにつづいていった。

最初のほうは関東近郊のピンの場所をしらみつぶしに訪れていった。が、どの場所にも窓口はなく、少しずつ地方にも足をのばすようになっていく。

一向に窓口が見つからない現状に、心が折れそうになることもあった。しかし、その間にもキュートランドへの毎月の支払いはつづいていて、明細で確認するたびに再び闘志がわいてきて行動に移した。

思わぬ出会いがあったのは、そんな折のことだった。

あるとき、琵琶湖《びわこ》のほとりの小屋を訪れ、空振りに終わった直後だった。肩を落として去ろうとすると、同年代くらいの女性と鉢合《はちあ》わせた。

たまたま視線が合った瞬間、村田はビビッと直感するものがあって話しかけた。

「あの、変なことをお聞きしますけど、もしかしてキュートランドの窓口を……？」

女性は目を見開いた。

「そうです！　あなたもですか……!?」

村田は女性と話しこむ。その真美《まみ》という人は関西在住で、三か月ほど前からキュートランドの退会窓口を探しはじめたらしかった。が、今のところ訪れた場所にそれはなく、困惑しながらもやむを得ず次の場所に足を運んでいたという。

「ほんと、何なんでしょうね……」

お互いに愚痴をこぼし合い、労をねぎらっていたときだった。村田はあっ、と思って提案した。

「窓口の情報、すり合わせませんか!?」

「いいですね！」

村田と真美はこれまで訪れてダメだった場所を教え合い、別れ際に連絡先を交換した。

「絶対に退会しましょうね！」

「はいっ！」

以来、村田は真美と情報を共有し合うようになる。

——この場所も、もぬけの殻《から》でした……。

——私のほうもダメでした……。

真美とのやり取りは、初めこそ退会窓口にまつわるものだけだった。が、そのうちたわいのない会話を交わすようになり、村田は好意を覚えるようになっていく。どうやら脈はありそうで、あるとき村田は心を決めて切りだした。

——よかったら、今度休みが合うところで一緒に遠征しませんか？

窓口を探すだけなら手分けしたほうがいいに決まっていて、なんと返事がくるだろうかとそわそわした。

真美からはすぐに返事があった。

——ぜひ！

思わず頬《ほお》を緩ませながら、どこの窓口を調べに行くか二人で相談しはじめる。

状況が一変したのは、遠征を翌週に控えたある日だった。

真美から突然、こんなメッセージが届いたのだ。

——村田さん、やりました！　たった今、退会できました！

えっ、と混乱しているうちにも、真美からは興奮気味に続々とメッセージが届いた。それによると、熊野古道《くまのこどう》沿いにある窓口を訪れたところ営業していて、拍子抜けするほどすんなりと退会手続きが済んだらしかった。

村田の中ではうらやましさが膨らんで、すぐにでも行かねばと思った。

さらにメッセージが届いたのはそのときで、開くとこう書かれていた。

――ただ、すごく言いにくいんですけど……その窓口、今日が最終営業日だということで……。

村田は頭が真っ白になるも、真美の退会を祝う言葉をなんとか送った。一方、取り残されたという現実を受け入れられず、思考は停止したようになる。

村田は翌日、仮病でバイトを休んで真美に聞いた場所へ行ってみた。が、やはり窓口は閉じていた。

呆然《ぼうぜん》としていると、真美からメッセージが届いた。

――あの、ご迷惑でなければ、来週の遠征、ついていってもいいですか？

村田は迷いに迷った末、丁重に断った。退会を果たした真美と平常心で過ごせる自信がなかったからだ。

真美とのやり取りは、その後もしばらくはつづいた。が、仲はどんどんぎこちなくなり、距離は自然と離れていった。

自分だけでやるしかない……。

村田は気合いを入れ直し、ひとり新たな場所を訪れつづける。

あるときは、富良野《ふらの》のラベンダー畑のそばにたった建物へ。

またあるときは、那覇《なは》の国際通り《こくさいどおり》のみやげもの屋へ。

しかし、どの窓口も閉じていて、肩を落としながらも次を目指す。

滝の裏、洞窟の奥、大樹の洞《うろ》……。

そうして村田は何年もかけ、ついにマップにあったすべての場所を訪れた。が、営業している窓口は見つからず、退会することは叶《かな》わなかった。

もう一生、退会はできないんだ……。

村田は絶望のどん底に突き落とされる。

目を疑ったのは、そんなさなかのことだった。なんとなく退会窓口のマップをいじっていると世界地図が表示され、アジアの真ん中あたりにひとつだけピンが立っていたのだ。

心臓が高鳴るなか調べてみると、どうやらその場所はヒマラヤ山脈のひとつにあたる山の中のようだった。遠すぎることにめまいを覚えながらも、予期せず差しこんだ希望の光に興奮した。

行ってやろうじゃないか！

ただ、さらに調べるうちにハードルは想像以上に高いことが判明した。その山を登るのはプロの登山家でも簡単ではないらしく、今の自分の体力や技術などではとてもじゃないが登頂は不可能だった。加えて、入山許可が必要だったり、高額な入山料がかかったり。

それでも、村田の決意は揺らがなかった。

ここまで来たらやるしかない……！

村田は資金を貯《た》めるため、限界までバイトを増やした。基本的な体力づくりはもちろん、登山家に指導を仰ぎながら山を登るトレーニングにも取り組んだ。厳しい日々に音《ね》を上げそうになったときは、カード明細を取りだして己を鼓舞《こぶ》した。

準備が整ったのは二年後だった。

満を持して、村田は現地入りする。

その山の中腹にある車で行ける最後の村は、多くの人でにぎわっていた。外から来た人がほとんどのようで、疑問に思っていると同じ宿で仲良くなった人がこう教えてくれた。

「みなさん退会窓口を探しに来た人たちですね」

「キュートランドの、ですか……？」

「中にはそういう人もいるでしょうけど、そうとは限らないんですよ。この先の山には世界各国のいろいろなサービスの退会窓口が集まっていましてね。オンラインショップにサブスクリプション、SNSにファンクラブ……いわば退会の聖地ともいうべき場所なんです。ちなみに私はフリマアプリの退会を目指して、今回で三度目の挑戦になりますね」

平然と言ったその人に、村田は感服しつつも不安がこみあげてくる。

初挑戦の自分なんかが、果たして退会できるのか……。

その人は、ちなみに、と言葉を重ねた。

「この村も、退会にまつわる人たちがつくりあげたのだと聞いています。山に挑んで退会できた人も、ついにできなかった人も、一丸となってここで新たな挑戦者をサポートしているわけですね」

「はは あ……でも、やっぱり退会できなかった人もいるんですね……」

「ええ、体力の衰えやケガなどに加えて、精神的なことが理由で挑戦を断念する方もいるようですね。退会の厳しさにやられてしまい、退会することを考えるだけで身体《からだ》がこわばって動かなくなるんだそうです。この宿の主も、どうやらそれが原因で退会を引退した方のようです。私たちは、そういった方に支えてもらっていることを決して忘れないようにしなければなりませんね」

村田は神妙な気持ちになって、深くうなずく――。

翌日からは、高山病への対策として高地に身体をならしながら、入山許可が下りるのを待った。許可は、申請者が本当にこの山に退会窓口を持つサービスへ加入しているのかどうかや、きちんと退会意思を表明したあとであるかどうか、山を登るための適切な準備ができているかどうかなどの情報をもとに、このエリアを統治する人たちが判断するらしかった。

そのあいだ、村田は退会窓口まで案内してくれる退会ガイドを探して雇った。その人はこのあたりの山で昔から暮らしてきた民族の一人で、山に精通しているらしかった。

「ムラタサン、アナタノメザスハ、チョウジョウデス。キビシイタタカイニナリマスガ、アンゼンダイイチデ、ガンバリマショウ」

キュートランドの退会窓口は山の頂上にある……そのことはマップを見たときから察していた。が、いざ告げられるとプレッシャーが押し寄せてくる。

「ヤマハ、キケンニ、ミチテイマス。ユダンシテ、ジンセイヲ、タイカイシナイヨウニ、シテクダサイ」

ガイドは笑って言ったものの、その目は一切笑っておらず、いっそう緊張感に包まれる。

入山許可は一週間ほどして無事に下りた。

そうして村田は装備を整え、窓口を目指して出発した。

最初に歩いて向かったのは、雪と氷に覆われたベースキャンプだった。数日かけて到着したその場所は退会を目指す人たちのテントで埋め尽くされ、ちょっとした集落のようになっていた。

　村田は高所順応をするあいだ、おのずと周りの人たちと親しくなった。ここまでの苦労話に興じたり、動画配信をしている人の映像にうつりこんだり、故郷の歌を教え合ったり。そして、互いの退会を祈りながら次のベースキャンプに向けて歩きはじめる。

　そこから先の道のりは過酷というより他なかった。積み重なる疲労に加え、常に雪崩《なだれ》やクレバスなどの危険と隣り合わせのため緊張感にさいなまれ、メンタルも徐々にむしばまれていく。途中途中には、様々なサービスの退会窓口が設置されていた。ブランドカラーに染められていたりロゴが入っていたりする小屋やテントは雪山において異様な存在感を放つなか、目的の窓口にたどりついて歓喜の声をあげている人や、退会を果たして足取り軽く下山している人も多くいた。そういう人の姿を見るのは精神的にきつかった。おまけに、金に飽かして目的地まででヘリで悠々と飛んでいく人を目撃したときなどは、呪詛《じゅそ》の言葉を吐きながら虚しさもこみあげてきた。

　そんなことがある一方で、心が震えるようなこともあった。深いブルーをたたえた氷の洞窟や、白銀に輝く星々など、素晴らしい光景と出会えたときだ。それに加え、この過酷な状況だからこそ生きているという実感が折に触れて頭をもたげ、何かが満たされるような感覚にもなった。

村田はなんとか食らいつき、長い時間をかけていくつものベースキャンプを渡っていく。

とうとう最後のベースキャンプに到着したのは、日本を発ってひと月以上が経過した頃のことだった。

視線の先に山の頂が現れた瞬間、ついに来たのだと身震いした。

しかし、そこから先はそう簡単に事は運ばなかった。強風と吹雪《ふぶき》に見舞われて、その場にとどまることを余儀なくされたのだ。

悪天候は三日三晩つづき、ガイドは下山の選択肢をちらつかせはじめた。心身も物資も限界を迎えだし、村田は決断を迫られる。

ウソのように晴れ渡ったのは、四日目の早朝のことだった。

翌日には再び悪天候に見舞われる……。

そんな予報も相まって、往復の時間を考えるとギリギリの挑戦になりそうだった。

何かあったら、すぐに登頂をあきらめる。

ガイドとそう約束し、村田たちはテントを発った。

数時間後、村田は残る力を振り絞り、ついに頂上までやってきた。

そこにたっていたのは、キュートランドのロゴが入った景品交換所のような建物だった。

透明な窓の向こうには、人の姿があった。

はやる気持ちを抑えながら近づくと、窓口の人が「いらっしゃいませ」と口にした。

「あの、やってますか……？」

こわごわ聞くと、窓口の人はうなずいた。

「はい、営業してございます」

「ここで退会はできますか……？」

「もちろんでございます」

聞いたとたん、村田は一気に力が抜けて、へなへなとその場にくずおれた。

とうとうやった……。

その瞬間、遅れて周りの景色が視界に飛びこんできた。

雲ひとつない青空のもと、周囲には雪をかぶった真っ白な山々がそびえたっていた。地平線は丸みを帯び、その上にブルーが何層も積み重なって宇宙のほうへとつづいている。

村田の中で、不意に様々な想《おも》いがこみあげてきた。

訪れてきた各地のこと、真美のこと、月々の支払いのこと……。

大変だったが濃密な日々だったな、と村田は思う。

退会ロスになったりするのだろうか……そんなことも頭をよぎり、なんだか一人で笑ってしまう。

ガイドの声が飛んできたのは、そのときだった。

「ムラタサン！　イソイデクダサイ！」

なんだなんだとそちらを見やり、村田は目を見開いた。慌てて立とうとするもうまくいかず、ガイドに抱えあげられながら立ちあがる。

しかし、窓口にはすでにシャッターが下りていて、村田はそれを叩《たた》きながら声をあげた。

「あの！　退会手続きを！」

シャッターの向こうからは返事がなく、代わりにスピーカーから録音した声が流れてきた。

「本日の営業は終了いたしました」

声はつづけた。

「大変恐れ入りますが、またのお越しをお待ちしております」

第八話

もへじくん

へのへのもへじを描く

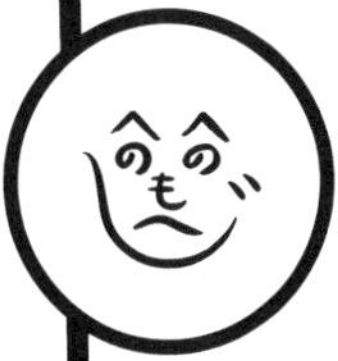

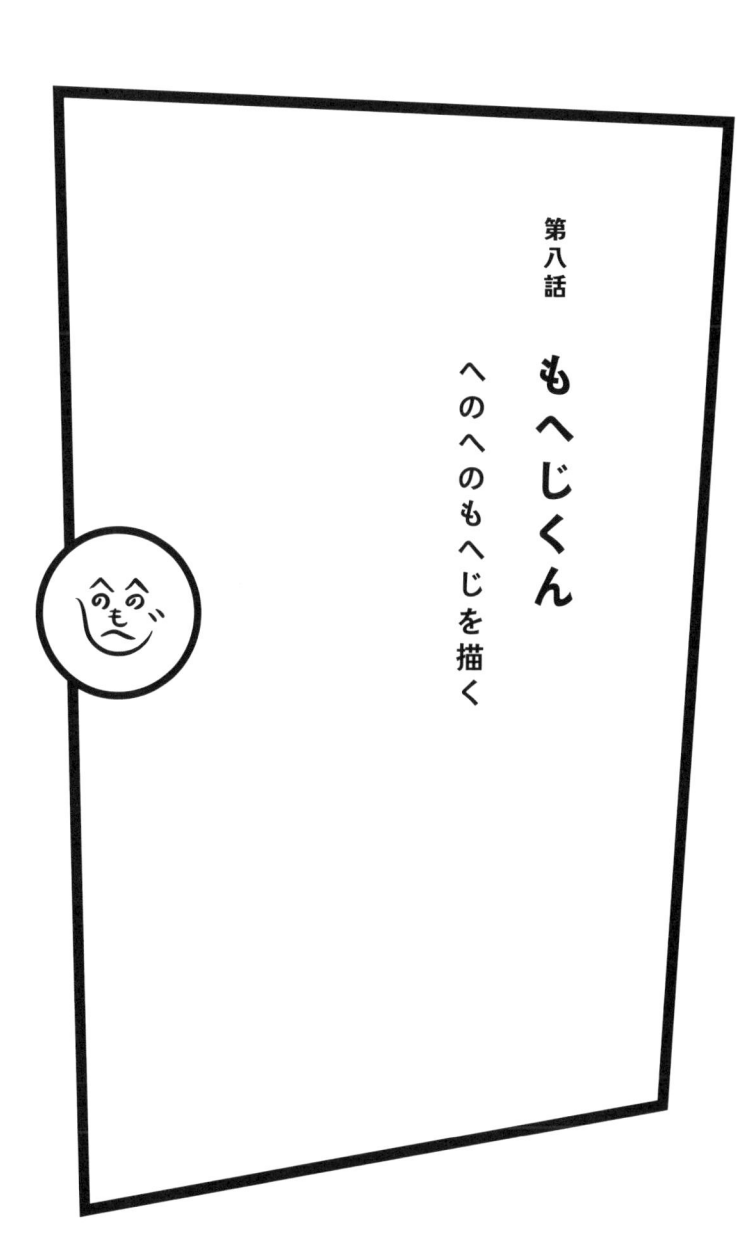

朝のホームルームがはじまって、先生が教室に入ってきた。

その瞬間、僕はあれっと首をかしげた。先生の後ろについて入ってきた子がいたからだ。

だれだろう……。

おどろいたのは、直後だった。その子の顔が明らかにふつうじゃなくて、「どういうこと⁉」

と混乱した。

「今日は新しい仲間を紹介するぞー！」

そう言って、先生は黒板に字を書いた。

へのへの　もへじ

「転校生の、へのへのもへじくんだ。新しい環境で慣れないだろうから、みんないろいろ教えてやってくれっ」

僕は、いや、クラスのみんなは、紹介されたその子の顔に釘付《くぎづ》けになっていた。

髪や耳や身体《からだ》は僕たちと同じような感じだった。でも、小さな二つの「へ」の眉に、二つの「の」の目。「も」の鼻に、大きな「へ」の口。そして、「じ」の輪郭……その子の顔のパーツは、黒板に書かれたひらがなになっていたのだ。

にもかかわらず、先生は特にそのことには触れずにこう言った。

「それじゃあ、もへじ、軽く挨拶《あいさつ》をしてくれるか？」

本人から何か説明があるのかも……？

そう思っていたけれど、その子——もへじくんはうつむき加減で、もじもじしているばかりだった。

先生は言った。

「……よし、まあ、挨拶はいいから座ってくれ。席は浩太《こうた》の後ろだ」

名前を呼ばれて僕はびっくりしながらも、先生の指示で友達と一緒に机と椅子を自分の後ろに運んできた。

もへじくんは、恥ずかしそうに近づいてくる。ぺこりと頭を下げたあと、ランドセルを片づけ席につく——。

そうして、僕たちのクラスにもへじくんが加わった。

休み時間になると、さっそくみんながいっせいに席へ駆け寄った。

どこから来たのか、どうして引っ越してきたのか、前の学校はどんな感じだったのか……。

聞きたいことはいろいろあるなか、真っ先に気になったのはやっぱりひらがなの顔のことで、友達の一人がすぐに聞いた。

「ねぇ、その顔どうなってんの⁉」

どんな答えが返ってくるのか、僕も興味津々《きょうみしんしん》で前の席で耳をすました。でも、もへじくんはうつむいたままで、いつまでたっても何も言ってくれなかった。

なんとなく気まずい雰囲気になってきて、別の友達が違うことを聞いてみた。それでも、もへじくんの口は「へ」のまま動かず、そのうちみんな決まりが悪くなってちりぢりになっていったのだった。


もへじくんの顔のことが気になっていたのは、最初のほうだけだった。給食も「へ」の口を開けてふつうに食べていたり、授業で当てられても小さい声ながらふつうに話していたりすることもあって、みんなすぐに慣れてだれも話題にはしなくなった。と同時に、もへじくんに話しかけようとする人もいなくなった。のけものにしようというつもりはなかったけれど、話しかけても返事がないので接し方が分からなかったのだ。

もへじくんは、休み時間にはいつも席に座って静かに本を読んでいた。何の本を読んでいるんだろうと思いながらも、聞くのも悪い気がして遠慮した。

そんなある日、授業で班ごとに地域のことを調べて大きな紙にまとめていたときだった。同じ班のもへじくんが書いたところが目に入り、僕は言った。

「あっ、ここ、漢字間違えてるよっ」

よく見ると、もへじくんの書いたところにはほかにも漢字の間違いがたくさんあって、僕はつづけた。

「もしかして、漢字が苦手だったりする……?」

もへじくんは何も答えず下を向いてしまったものの、きっとそうなんだろうと僕は感じる。

「あのさ、よかったらだけど……一緒に直す?」

そのとたん、もへじくんは「えっ?」と言って顔をあげた。反応してくれたことにうれしくなりつつ、僕は自分のノートに正しい漢字を書いていく。

ほら、と見せると、もへじくんは「へ」の口を小さく開いた。

「すらすらすごいね……」

照れくさくなりながらも、僕は言った。

「これからも、分からなかったら遠慮せずにいつでも聞いてよ！」

もへじくんは驚いたように二つの「の」の目を丸くした。そして、そのすぐあとには「へ」の口の両端がくいっと上がり、「へ」の字がきれいに逆さまになった。

その表情、初めて見る笑顔を前に、僕は思う。

もへじくんって、こんな顔もするんだなぁ——。

そんなことがあってから、僕たちは急速に仲良くなった。

休み時間に話すうちに、もへじくんは漢字を書くことだけじゃなくて読むのも苦手で、授業にうまくついていけてないと分かった。

僕は先生のところに行って、授業中にもへじくんをサポートしてあげてもいいかとお願いした。先生は「気づかずごめんな」と言ってから、無事にオーケーしてくれた。

授業の遅れも取り戻すため、僕は休み時間に勉強も教えてあげた。

「こうたくん、ほんとにあたまがいいんだね……」

いやいや、と僕は首を横に振る。

「塾で何回もやっただけで……」

湧きあがってきたものはのみこんで、またもへじくんに教えはじめる。

もへじくんはクラスのみんなとも少しずつ打ち解けながらも、休み時間は僕と一緒に過ごすことがほとんどだった。

そんな中、僕は気になっていたことを聞いてみた。

「いつも読んでるの、何の本なの？」

すると、もへじくんは本を取りだして見せてくれた。中には手書きのようなにょろにょろした文字が並んでいて、よく見るとひらがなのようだったけれど、全然読めずに混乱した。

「こきんわかしゅうっていうものだよ」

もへじくんによると、それはどうやら平安時代につくられた和歌の本らしく、僕は目を見開いた。

「もへじくん、そんなの読んでるの⁉　っていうか、これ読めるの⁉」

「うん、ひらがなのほうがおおいからさ……」

「ひらがなって言っても、昔の言葉だよね⁉　それを読めるって……もへじくん、すごいよ！」

「ええっ……」

もへじくんは心の底から戸惑っているような表情になった。でも、すごさを何度も説明すると、もじもじしながらうつむいた。

驚いたのはそのときで、耳の近くの「じ」の濁点がぐぐっと頬《ほ》っぺたに寄ってきた。そして、もへじくんの片ほうの頬っぺたに二つの斜線が現れた。

分かりやすい変化に、僕は思わず笑ってしまった。

「もへじくん、照れてる！」

そう言うと、もへじくんは「へ」の口の両端を上げて「へへへ」と笑った。

僕たちはそのうち、放課後も一緒に遊ぶようになった。

といっても、僕は塾のほかにも習い事がたくさんあって、はじまるまでの間に近くを少しぶらぶらするという感じだった。

もへじくんはいつものんびりしていて、歩くスピードも遅かった。

あるときは、公園で四つ葉のクローバーを二人で探した。僕が「ないない！」とどんどん先に進んでいると、もへじくんは僕が通ったところで声をあげた。

「あった！」

半信半疑で近づくと、本当に四つ葉のクローバーがあってびっくりする。なんだか悔しくなって、僕はまた進んで目をこらす。でも、あったと思ってもすべて三つ葉で、その間にももへじくんは後ろで次々と見つけていった。

「どうやってるの⁉」

たまらず聞くと、もへじくんは「へ」の眉を傾けて困ったような表情になった。

「どうって、ふつうにみてるだけだけど……」

僕は、もへじくんの後ろについて歩いてみることにする。もへじくんはゆっくりと、でもひとつひとつの葉をじっくり観察しながら進んでいて、同じようにやってみる。

そのとき、僕は叫んだ。

「あった！」

見つけた四つ葉を前にほこらしい気持ちになっていると、もへじくんも「の」の目を細めて「やったね！」と喜んでくれた。

またあるときは、二人で河原《かわら》の土手に寝そべった。青空に浮かんだたくさんの小さな雲をながめていると、もへじくんが言った。

「ねぇ、くもれーす、しない？」

「雲レース？」

話を聞くと、選んだ雲の流れる速さを競う遊びらしく、ワクワクしてきた。

「いいね！　じゃあ、僕はあの雲！」

「ぼくはあれっ！」

ゴールも決めて、レースがはじまる。

あることに気がついたのは、進んでいく自分の雲を応援していたときだった。

「雲って、意外と速く動くんだねぇ」

もへじくんが、となりで答えた。

「きょうは、かぜがつよいからかなぁ」

雲の速さなんて気にしたことがなかったなぁ……そう思っているうちに、もへじくんの雲が先にゴールした。

「ぼくのかちだ！」

「もう一回やろうよ！」

塾のはじまる時間まで、僕たちは何度も競いあう。


もへじくんは、ひらがなみたいな人だなぁ。

一緒に過ごすうちに、僕はそう思うようになっていった。

ひらがなの顔をしていて、ひらがなが得意……そのことも当然あったけど、それだけじゃなくて、心もひらがなみたいな人だなと感じていた。

もへじくんは漢字のビシッとしたイメージとも、カタカナのすっきりしたイメージとも違う、ひらがなの持つやわらかくて優しいイメージがぴったりだった。もしかすると、中にはそこに幼いものを感じる人もいるのかもしれなかった。でも、ぼくは奥に広がる豊かなものをたしかに感じて、強くひかれた。

もへじくんは植物や鳥の名前にもくわしくて、歩きながら教えてくれることが多かった。

そんな中、ある日、混乱することがおこった。家のへいからのぞいた花を二人でながめていたときに、もへじくんがこう言ったのだ。

「をかしだなぁ」

僕は意味が分からず、すぐに聞いた。

「お菓子？　お腹《なか》が空《す》いたの……？」

すると、もへじくんは「あっ」と言って、恥ずかしそうにつづけた。

「をかしっていうのは、おもむきがあるとか、ふぜいがあるってことで……でも、いまのひとはつかわないから、へんだよね……」

「そんなことないよ！」

僕は言った。

「っていうか、昔の言葉が使えるなんてかっこいい！」

「そうかな……？」

ひらりと何かが飛んできたのは、そのときだった。それは蝶々《ちょうちょう》で、もへじくんの肩に止まった。あっ、と思っていると、もへじくんが言った。

「てふてふ！」

その言葉に、僕はまたもやとまどった。でも、すぐハッとした。

「もしかして、今のも昔の言葉……⁉」

「あっ、そうだった……」

そして、もへじくんは教えてくれる。昔は「蝶々」をひらがなで「てふてふ」と書いていたことを。今は「てふてふ」と書いて「ちょうちょう」と発音するらしかった。でも、もともとの発音は書いた通りの「てふてふ」だったという説があり、もへじくんはそっちが好きでつい「てふてふ」と呼んでしまうのだと口にした。

「へぇ！　てふてふ！　かわいいっ！」

ぼくも気に入り、何度も声に出してみる――。

もへじくんとの時間は、そんなふうにしてゆったりと優しく流れた。けれど、そのあとの塾や習い事の時間はみんながせかせかしたりピリピリしたりしている感じで、なんだか疲れた。家にいてもなにかと早くしなさいと言われ、やらなきゃいけない宿題もいっぱいあって、息苦しさは増すばかりだった。

「うちにおいでよっ」

もへじくんからそう誘われたのは、ある日のことだった。『古今和歌集《こきんわかしゅう》』の和歌をふたりで味わっていたときに、ふと、ほかにどんな本を読むのか興味がわいて聞いてみた。すると、いくつか題名を教えてくれて、ぼくがポカンとしていると、見せてあげるよと家に誘ってくれたのだ。

「よかったら、きょうとかどう？　あっ、でも、じゅくとかがある……？」

まさに放課後は塾があって、本当は行くことができなかった。でも、ぼくは少しまよって「行く！」と答えた。塾をサボるのは初めてだったけど、心がひかれるほうを選んでいた。

もへじくんの家につくと、お母さんがむかえてくれた。お母さんも顔が「へのへのもへじ」だったことにはおどろかなかったけど、柴犬っぽい犬が二つの「へ」の耳を持った「ののもへじ」顔をしていたのにはびっくりした。

その犬はぼくのところにやってくると、突きでた「も」の鼻でくんくん身体をかいできた。かと思ったら、「へ」の口から舌をだして、うれしそうにくるくる回った。

「こうたくんのことが、きにいったみたい。ひらがながすきなひとにしか、なつかないんだ」

笑うもへじくんに案内されて、ぼくは部屋に入れてもらった。

そのとたん、思わず「わぁっ！」と声がでた。

本だなには、たくさんの本が並んでいた。どれもいかにも古そうで、古書店に来たような気分になる。

そのとき、よぎったことを聞いてみた。

「ねぇ、いつもの『古今和歌集』もだけどさ、もしかして、もへじくんの持ってる本はぜんぶ大昔につくられたものだったりするの……？」

だとしたら、すごい価値があるんじゃないか……そう思ってこわくなっていると、もへじくんは笑って首を横にふった。

「ふるくはあるけど、さすがにちがうよ。もとのほんは、のこってないしね。ここにあるのはぜんぶ、あとのじだいのひとが、おなじないようでつくったものだよ」

なんだかホッとしていると、もへじくんは一冊の本を取りだして見せてくれた。中はやっぱりにょろにょろしたひらがなだらけでぼくには読めなかったけど、もへじくんは平安時代に書かれた『枕草子《まくらのそうし》』という本なのだと教えてくれた。

「もへじくんは、平安時代の本が好きなの？」

「うん、ひらがなのじだいだからさ」

「ひらがなの時代……？」

もへじくんの話によると、昔の日本では中国から入ってきた漢字が使われていたらしかった。そんな中、平安時代に漢字をくずして生まれたのがひらがなで、女の人を中心に広がっていき、数々の文学作品も残された。

「ひらがなって、そんな歴史があるんだねぇ……」

さらにもへじくんは、こうも言った。たとえば「あ」という字は、今では「安」という漢字をくずして生まれたものだとされている。でも、平安時代のものを読んでいると、「安」だけじゃなくて「阿」や「愛」をくずして書かれた「あ」もあったりして、いろんなひらがなと出会えておもしろいのだ、と。

「へぇぇ……」

ひらがなのこと、ぜんぜん知らなかった……。

ぼくは打ちひしがれると同時に、こう思う。

もへじくんとの時間は、やっぱり楽しい——。

その次の日の放課後、もへじくんと一緒にかえりながら、ぼくは言った。

「ねぇ、今日もあそびに行っていい？」

もへじくんは、「えっ？」と言ってこちらを向いた。

「もちろんいいけど……こうたくんは、じゅくとかだいじょうぶなの？」

「それなんだけどさ……」

ぼくは、もへじくんに聞いてもらった。これまでずっと、塾や習いごとがしんどかったこと。

そして、昨日お父さんとお母さんに打ちあけて、その時間を少しへらしてもらったこと。

「だから、今日は何もないんだっ」

何かがひらりと飛んできたのは、そのときだった。

それを見て、ぼくは反射的に声をあげた。

「てふてふっ！」

そのてふてふは、ぼくのかたにそっと止まった。

ふたりして「へへへ」と笑いながら、ちゃんと伝えたいなと思って口を開いた。

「……ぼく、なんていうか、もへじくんと出会ってから、せかいの見え方が変わったんだ。今のほうが、絶対いい。もへじくんのおかげだよ。ほんとうにありがとう！」

その瞬間、もへじくんの「じ」のだくてんが片がわのほっぺたによってきて、てれたような表情になった。

ぼくもなんだかてれながら、さらにつづけた。

「あのさ……これからもずっと、なかよくしてね！」

おどろいたのは、そのときだった。もへじくんの「も」のはなから二つの横ぼうがぐぐっとぬけて、「も」は「し」になった。そして、ぬけた横ぼうが、もう片ほうのほっぺたにいどうしたのだ。

もへじくんはずっと下をむいていて、へんじはなかった。

でも、りょうほうのほっぺたにあらわれた四つのしゃせんが、そのきもちをゆたかにつたえてくれていた。

第九話

邪狩人

夜、口笛を吹くと蛇が出る

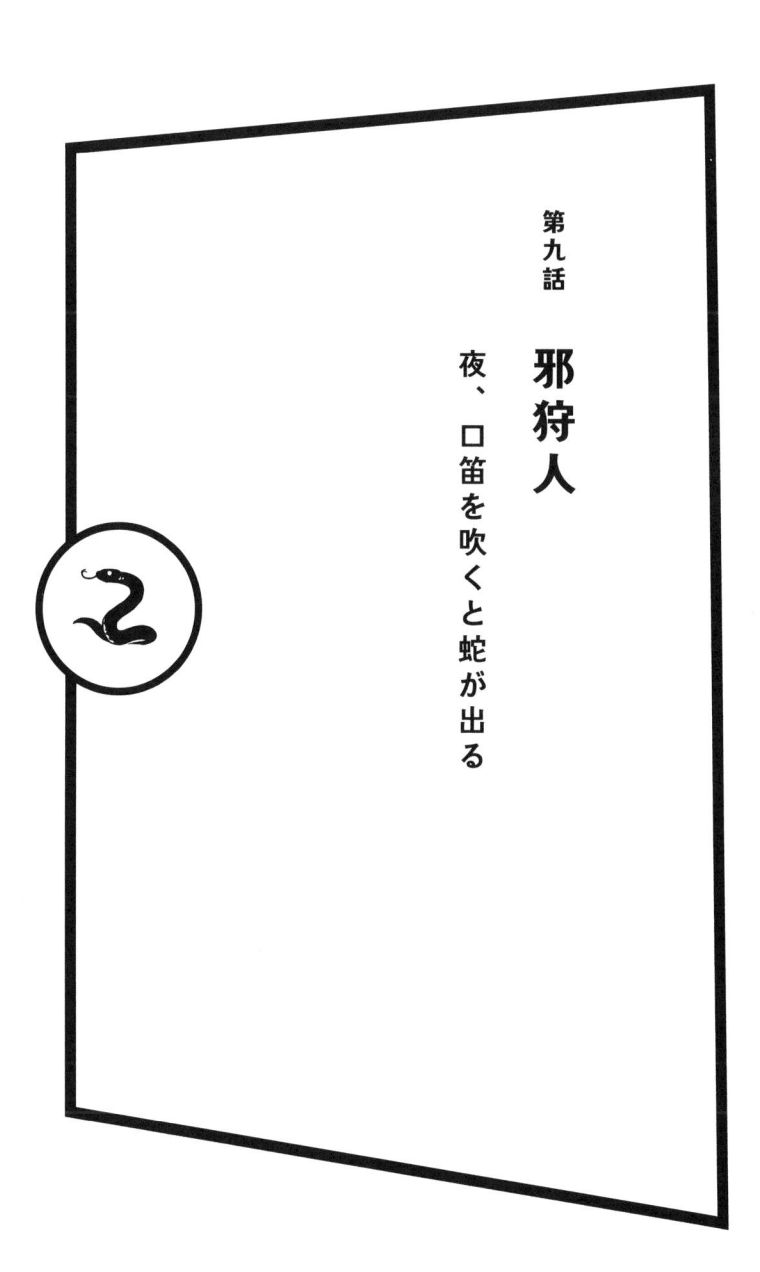

サークル仲間とのカラオケの帰り、駅からアパートまでの道を歩いていたときだった。

しーんと静まりかえった住宅街で、おれはカラオケの余韻でなんとなく口笛を吹きはじめた。奏でたのは好きな曲で、音程のずれたかすれた音がぴゅうぴゅう鳴る。気分は高まり、足取りも軽くなる。

が、その直後、一瞬にして全身が硬直した。

ふと視線をやった先、街灯の照らす道をにょろにょろと進んでくるものがあったのだ。それは一メートルほどのホースくらいの太さの蛇《へび》で、どす黒く、目を金色に光らせていた。

恐怖に駆られ、おれはすぐさま逃げ出さないとと考えた。が、足がすくんで動けずに、蛇との距離はどんどん縮まる。

蛇はすぐそばまでやってくると深紅の舌をちろちろ出して、鎌首をもたげてこちらをにらみつけてきた。

頭が真っ白になるなかで、相手は飛びかかってくる。

反射的に目をつぶって後ずさるも、よろけて転ぶだけになる――。

次に目を開けたときには、思わぬ光景が広がっていた。

そこには細身の老女が立っていて、先端がアームになった長い棒で蛇の首元をつかんで押さえていた。

老女はそのまま蛇を持ちあげ、のたうつそれを大きな袋に入れて口を結んだ。

何が起こったのかはよく分からなかった。が、助けてもらったのはたしかなようで、すぐにお礼を言おうと口を開いた。

「あの、ありが――」

そのとき、鋭い痛みが足に走った。見ると、足首のあたりのズボンが破けていて、そこから黒紫《くろむらさき》の蒸気のようなものがじゅうじゅうと立ちのぼっていた。

「あんた、嚙《か》まれたんだね」

痛みで答えられないでいると、老女が何かを取りだした。

それは注射器で、針先がキラリと光った。

何をされるんだ……。

そう思いながらも痛みでそれどころではなく、されるがままに注射を打たれる。

しばらくのあいだは激痛がつづいた。

が、痛みは少しずつ引きはじめ、やがて何も感じなくなった。立ちのぼっていた黒紫の蒸気も収まって、赤い嚙み跡だけが足首に残った。

「とりあえずは大丈夫そうだね」

言いながら、老女は手元の紙に住所を書いて渡してくれた。

「明日、一応ここに来な」

返事をする前に老女は去って、呆然《ぼうぜん》としながら帰宅した。

翌日、おれは老女にもらった住所の場所を訪れた。

嚙まれた後のことが気になったというのは、もちろんあった。と同時に、老女のことを知りたいという気持ちもあった。

行き着いたのは、レトロな感じの医院のような建物だった。

インターホンを押してみると、あの老女が迎えてくれた。

「ちゃんと来たね。まあ、入りな」

板張りの床を土足で進み、誰もいない待合室を通り過ぎて診察室らしいところに通される。

イスに座ると、老女は言った。

「経過はどうだい？」

「痛みは特にないですけど……」

「そうかい。なら問題ないね」

ホッとしながら、おれは疑問に思っていたことを尋ねてみた。

「あの、昨日のやつは蛇ですか……？」

いや、と老女はかぶりを振った。

「あれは邪《じゃ》だ」

「邪……？」

「ああ、怒りや苦しみ、恨みや妬み……そういった人から生まれた負の感情が寄り集まって、蛇のような形になったものさ」

おれの頭に、昨夜の蛇、いや、邪の姿がよみがえる。

ギラギラした金色の目に、どす黒い身体《からだ》……。

たしかに邪というにふさわしい禍々《まがまが》しさで、思いだすだけで身震いしそうになってくる。

もうひとつ、傷口から上がっていた黒紫の蒸気のことも思いだし、恐る恐る老女に尋ねた。

「えっと、その……邪に噛まれても大丈夫なものなんですか……？」

「程度と処置の有無にもよるが、あんたの場合は安心しな。注射をしたろう？　あれは正の気が凝縮された血清でね。体内に入った邪気はもう完全に祓《はら》われてる」

よかったと思いお礼を言いつつ、さらに聞く。

「ちなみに、あのまま放っておいたら……」

「邪に侵《おか》されて、人ではなくなる」

背筋が寒くなっていると、老女はつづけた。

「まあ、これに懲《こ》りたら、日が落ちたあとはむやみに口笛を吹くんじゃないよ」

「えっ……？」

「聞いたことがないのかい？　夜に口笛を吹いたら蛇が出る、という言葉を」

言われておれは、そういえば、と思いだす。小さい頃に親から教えられたな、と。

一時期は本気にして、口笛を吹かないのはもちろん、夜になるとそこら中に蛇がひそんでいるように感じて恐怖に駆られたものだった。が、いつしか忘れ、今の今まで思いだすこともなくなっていた。

「もしかして、あの〝蛇〟というのは……」

「邪のことだ。口笛には人知を超えたものを呼び寄せる力があってね。特に邪は夜に活動するものだから、そのあいだに口笛を吹くと寄ってくるという具合さ。それを避けるためにあの言葉があるんだが、最近はうまく機能せずにあんたのような者が少なくなくて困ったもんだよ」

まあ何にせよ、と老女は言った。

「夜に巣食う邪を狩る存在。それが、私ら邪狩人《じゃかりうど》というわけさ」

おれはようやく、全体像が見えてくる。

蛇のような形をした邪。その邪を狩る人……。

ぎょっとしたのは、そのときだった。

なんとなく視線を外して見やった棚に、どす黒いものが入った瓶が並んでいたのだ。

「あの！　それって邪ですよね……!?」

老女は一瞥《いちべつ》すると、ああ、と答えた。

「邪を漬けた酒さ。蛇でも酒をつくることがあるだろう？　あれと同じだ。これがなかなかうまくてね」

「飲んだりして大丈夫なんですか……!?」

「お神酒《みき》に漬けているからね。邪の持つ邪気は祓われて、力の源だけが残るのさ。飲むとずいぶん精がつく。この年でも変わることなくやれているのは、この酒のおかげだね。邪にとっては、じつに皮肉な話だが」

「もしかして、このために狩りを……？」

尋ねると、老女は笑った。

「まさか。酒にするのはごくごく一部だ。残りは集めたあとに、まとめて祓う。あんたを噛んだやつも祓い済みだよ」

それはさておき、と老女は言った。

「あんたには、今日から仕事を手伝ってもらいたいんだがね」

突然の話に「えっ」と困惑していると、老女はつづけた。

「最近は邪が増えててね。人手がまったく足りてないんだ。命を救ってやったんだから、それくらいはやってくれるね？」

そう言われて断れようはずもなかったし、どうせ暇な身でもあった。

「はあ、じゃあ……」

流れに任せて同意すると、老女は笑った。

「頼んだよ。私のことは師匠と呼んでもらって構わない」

その日から、おれは老女、もとい師匠について、夜ごと街に繰りだし邪を狩る手伝いをしはじめた。

師匠は騒ぎになったり余計な被害が出たりしないよう、人目を避けた場所や人通りが途絶えたときに足を止め、口笛を短くぴゅうっと吹いた。その音は高く鋭く、遠くまで伝わる。しばらく待って反応がなければ、また進む。邪が現れれば狩りにかかる。

狩りではいつも、師匠が棒で邪を捕まえて袋に入れた。その動きにムダはなく、素早く確実に捕らえる技は何度見てもすごかった。

そして、おれの役割は邪の入った袋を持って師匠についていくことだった。実際に持ってみる前は蛇みたいだし軽そうだなと思っていたが、やってみると想像以上に重く、邪の数が増えると米袋でも運んでいるかのようでかなりの重労働だった。

「邪を形づくっている負の感情は、往々にして重たいものだからね」

師匠は言った。

「しかし、運んでくれて助かるね。重さを気にせずどんどん捕まえられるよ」

師匠はときどき急に走りだすことがあり、慌ててついていくと決まって邪に襲われそうになっている人がいた。師匠は邪を狩ったあと、夜に口笛を吹かないようにとたしなめるのが常だったが、どうして邪が出たことが分かるのだろうと疑問に思い、あるときおれは尋ねてみた。

すると、師匠は言った。

「どうしてって、口笛さ。聞こえるじゃないか。誰かが軽はずみに吹いた音が」

師匠は事もなげに言ったけれど、おれの耳には全然聞こえないので驚愕《きょうがく》した。

「まあ、邪狩人には口笛を聞きつける力も求められるということだね」

捕まえた邪は師匠の家に持ち帰り、まとめて祓った。袋に札《ふだ》を入れてしばらくすると、跡形もなく消えるのだ。

「この札には血清と同じように、正の気がしみこんでてね」

師匠によると札は邪に直接貼ってもよいらしく、強力な邪はそうして現場で祓ってしまうらしかった。一方、それほどでもない場合はまとめて祓うのが効率的なのだと話してくれた。

師匠の仕事を手伝うようになってから、もともと昼夜逆転気味だった生活はますますその傾向が強くなった。大学の授業は日頃から熱心ではなかったのであまり影響はなかったけれど、サークル仲間と遊ぶ機会はぐんと減った。

そのことに、おれは意外なほどストレスを感じなかった。むしろ、師匠との時間は友人と遊ぶよりも楽しく、不思議なほど心地よかった。

師匠とは、仕事を終えて迎えた朝などに一杯やることもあった。

もちろん、飲むのは師匠がつくった邪の酒だ。

初めて口に運んだときはおっかなびっくりだったけれど、飲んでみるとまろやかでおいしく、力が湧いてくるような感覚とともに心が洗われるような感じにもなり、気づくと杯を重ねていた。

「あんた、なかなか行けるクチだね。そういう相手と飲むのは久しぶりだよ」

その言葉にはなんだか含みを感じながらも、深くは聞けずじまいだった。


邪は狩っても狩っても現れつづけた。

その理由を尋ねると、師匠は言った。

「負の感情は底なしだからね」

おまけに、とこうつづけた。

「昨今は負の感情同士が簡単につながって、増幅される仕組みができてしまっていることも関係してるね。まあ、嘆いたところで邪は減らない。粛々《しゆくしゆく》と狩っていくだけさ」

負の感情の連鎖には思い当たる節が多々あって、何とも言えない気持ちになる。

そんなある日、ショッキングな出来事が起こった。

いつものように、遠くで鳴った口笛を師匠が聞きつけ現場に急行したときだった。そこには二、三メートルはあろうかという、腕ほどの太さの邪がいた。

「ほかの邪を食らって大きくなったやつだね」

そのそばでは男の人が倒れていて、一刻も早く邪を狩って助けに行きたかった。が、さすがの師匠でも一瞬で片付くサイズの邪ではないようで、相手と対峙《たいじ》してにらみ合う。

師匠が動いたのは、しばらく膠着《こうちやく》状態がつづいたあとだった。邪がおれのほうに意識を向けた瞬間を見逃さず、一気に仕掛けて押さえこむことに成功した。

「こいつはここで祓ってしまうよ！」

師匠の声でおれはすかさず札を取りだし、邪の頭に貼りつけた。直後、邪は黒紫の蒸気を上げながら崩れだし、やがて跡形もなく消え去った。

師匠はすぐに倒れた男性に駆け寄った。が、全身から黒紫の蒸気が上がっていて、表情をゆがめた。

「ダメだね。邪気がまわり過ぎている。残念だが、血清でも間に合わない」

「じゃあ、この人は……」

「邪に侵された者は、邪に変わる。姿はもとより、人格もまったく残らずね。こうなったが最後、もう元には戻せない。ひと思いに祓ってやるのが習わしだ」

絶句している間にも、男性はどす黒く細長いものへと変わりはじめる。

「さあ、貼りな」

促され、おれは手元の札を見た。が、一歩を踏みだすことができなかった。

「時間がないよ」

それでも自分の手ではどうしても貼れず、見かねた師匠が懐から札を出して相手に貼った。

男性だったどす黒いものは崩れ落ち、すぅっと消えていなくなる。

呆然と立ち尽くしていると、師匠が言った。

「あまり気に病まないことだよ」

師匠は不自然なほど明るい口調で、そうそう、とつづけた。

「人由来の邪は酒にはしていないから、安心しな」

気持ちの整理が追いつかず、おれは曖昧《あいまい》にうなずいた。


時間がたっても男性が邪になった光景を拭い去ることはできなくて、夢にも何度も現れた。それでも、おれはなんとか前を向いた。あの男性のような人を出さないようにと、狩りをつづけた。

ときには、ほかの邪狩人と出くわすこともあった。中には豪快な人もいて、気に入ってもらい仕事終わりに連れられた河原《かわら》で、焼いた邪を振る舞われた。

「食え、うまいぞ」

断れずに恐る恐る食べてみるとほくほくしていて、意外なほどおいしかった。

「ちなみに、邪はトゲが多いから気をつけな」

言われたときには喉《のど》にトゲが刺さっていて、後からしっかりクレームを入れた。

そんなある日、おれは師匠に尋ねた。

「邪狩人になるには、何か特別な資格とかがいるんですか？」

「いや、基礎さえ身につければ誰でもなれる。注射器を扱う届だけは国に出す必要があるがね。まあ、私みたいにもとより資格を持つ者には関係ないが」

仕事場のことも含め、師匠は医療関係者なのかと前から思っていたけれど、やっぱりそうだったんだと納得する。

ともあれ、さらに尋ねた。

「じゃあ、おれでもなれるんですか？」

「なんだい、興味があるのかい？」

うなずいて、考えを話した。邪は増える一方で、二人で一緒に狩るよりも手分けして狩ったほうが多く祓えるのではないか、と。

「そりゃそうだが、本当にやれるのかい？　手伝うのとはわけが違うよ」

鋭い目で見つめられてひるみそうになりながらも、おれは言った。

「はい、やります……！」

師匠は一転して表情を緩めた。

「分かったよ。それなら、基礎をみっちり叩きこんでやろうじゃないか」

「お願いします！」

それを機に、狩りのときにはおれが邪を捕まえる役目を務めるようになり、実戦を通して師匠に技を教えこまれた。口笛の吹き方や、誰かが吹いた口笛を聞き取る訓練もおこなった。遠くの口笛を聞き取るのだけはなかなか上達しなかったものの、ずっと師匠の仕事をそばで見ていたこともあり、最低限のことが身につくまでそう時間はかからなかった。血清投与のための届も出し、注射器を扱えるようにもなった。

あるとき、師匠が言った。

「まあ、こんなもんだろう。明日からは独り立ちといこうかね」

「はいっ！」

独り立ちといっても、師匠とは常に連携して近い距離を保ちながら移動した。訪れたエリアの邪をくまなく狩っていくためだ。

「何かあったら、すぐに口笛を吹きな。行ってやるから」

そんな師匠の言葉は心強くも、疑問が生まれた。

「あの、でも、おれはおれで邪をおびき寄せるためにたくさん口笛を吹きますよ……？　区別なんてどうやって……」

「どうやるも何も、口笛にこめられた意味くらいは音色《ねいろ》で分かるさ」

「ええっ……？」

いくら師匠でも、本当に……？

おれは半信半疑だったけれど、自分一人では狩れなさそうな大きな邪が出たとき、助けを求める気持ちをこめてとっさにぴゅぅっと口笛を吹くと、師匠はすぐに来てくれた。

驚いていると、師匠はニヤリと笑った。

「言ったじゃないか。行ってやるよと」


あるエリアで、人が失踪する事件が多発している。

そんな噂《うわさ》を耳にして、おれはすぐに師匠に伝えた。

「これって、もしかして……」

「ああ、おそらく邪の仕業だろう。積極的に人を襲って邪に変えて、それを食らっている可能性がある。よもや……」

師匠は何かを言いかけて、口をつぐんだ。その表情には、いつになく暗い陰が差していた。

「どうかされましたか……？」

「いや、何でもない」

そして、師匠はつづけた。同じ話は、ほかの邪狩人からも聞いたこと。そのエリアでは、近いうちに邪狩人による本格的な捜査がはじまること。

「私もしばらくはここを離れて、そっちに加わろうと思っている。あんたはどうする？」

脳裏をよぎったのは、救えなかったあの男性の姿だった。

おれは迷うことなく返事をした。

「もちろん、行きます！」

そうして、くだんのエリアの捜査がはじまった。

おれは毎夜、師匠と一緒にエリアを回った。が、いくら口笛を吹いてみても、それらしい相手どころか邪はひとつも現れなかった。にもかかわらず、失踪者は変わらず出つづけていた。

本当に邪の仕業なのかと疑う気持ちが芽生《めば》えるも、師匠は「間違いない」と断言した。

「強い気配をビシビシ感じる。このあたりの邪は、すべてそいつが食らったのかもしれないね」

そして、作戦を変えると師匠は言った。

「おとりを使うことにする。相手の邪は私ら邪狩人と一般人の口笛を聞き分けている筋が濃厚だ。一般人の協力者に口笛を吹かせておびき寄せるよ。危険はあるが、被害の拡大を防ぐためにはやむを得ない」

おれはうなずき、そのための準備をはじめた。

決行の夜、おれは師匠と一緒に女性のあとを追っていた。女性はおとり役の協力者で、口笛で気ままにメロディーを奏でていた。

しかし、邪は出てこずに時間だけが過ぎていく。

だんだん朝が近づいてきて、作戦失敗かと思いはじめたときだった。

師匠が言った。

「……来たね」

えっ、と思った直後だった。

師匠は駆けだし、おとりの女性を抱えて脇によけた。瞬間、どす黒いものが女性の立っていた場所に向かって食らいつくように飛びだしてきた。

おれは思わず息をのんだ。

現れたのは、電柱よりもさらに太くて長い大邪《だいじゃ》だった。サイズが桁違いなことはもちろん、どす黒い全身からは禍々しいオーラが立ちのぼっていた。

そのとき、邪がこちらをギロリとにらみつけてきた。金色の目に射すくめられ、おれは本能で恐怖を覚えた。邪はちろちろと深紅の舌をちらつかせながら、もたげた鎌首を弓を引くように後ろにそらせる。

「ボサッとするんじゃないよ！」

師匠の言葉でハッとして、おれは横に飛びのいた。同時に今いたところに邪が突っ込んできて、間一髪でなんとかかわした形となる。

「ケガはないかい？」

「はい……！」

おとり役の女性は無事に避難したようで、場には師匠と二人だけになっていた。

そのとき、なんとなく感じるものがあっておれは言った。

「この邪、人の気配がしますけど……人由来の邪をたくさん食べたからでしょうか？」

師匠は、いや、とかぶりを振った。

「こいつは、もともとが人由来だ。しかし、ずいぶん丸々と太ったもんだね。どれだけの邪を食らったことか」

師匠は相手をにらんで牽制《けんせい》しながら、言葉を重ねる。

「あんたを祓えなかったあの日のことは忘れてないよ。今日こそケリをつけようじゃないか。まあ、今のあんたには言葉は届かないだろうがね」

その話しぶりに、おれは尋ねずにはいられなかった。

「知っている方、だったんですか……？」

「ああ、こいつは医者で、邪狩人の元相棒……そして私の夫さ」

思わず言葉を失うなか、さらにこう教えてくれる。

師匠の夫は、数年前の狩りの最中に邪に噛まれてしまったこと。その日は別の人に血清を使って手持ちがなく、師匠が取りに行って戻ったときにはすでに手遅れになっていたこと。

「手持ちの血清がなくなった時点で、狩りは中断すべきだったんだ。情けないことに、二人して油断したんだね」

本来ならばどんなに大切な人であろうとも、邪に変わり果ててしまう前に札を貼って祓うというのが邪狩人の決まりだった。が、師匠はついに貼ることができず、邪となった夫は逃げだした。以来、行方《ゆくえ》は分からなくなったものの、どこかで生きていることだけはぼんやりと感じ取っていた。

「すべては私の弱さが招いたことだ。食われた人たちには申し訳が立たないよ」

おれは何も言うことができなかった。

今の状況は、たしかにそのときの判断が原因で起こったことなのかもしれなかった。けれど、かつて自分自身も札を貼れなかったときのことがよみがえる。他人に対してでさえそうだったのに、もしも相手が自分の大切な人だったら……。

そのとき、邪が鎌首をもたげて攻撃するようなそぶりを見せた。

今度は師匠の助言なしに察知でき、おれは突進のタイミングを見計らって飛んでかわした。

「……この邪は、祓ってしまっていいんでしょうか」

つい聞くと、当然だ、と師匠は答えた。

「すきを見て直接札を貼るよ。もっとも、札は一枚や二枚じゃ足りないだろう。今あるものはぜんぶ使う」

直後、邪はふたたびおれたちに向かって突進してきた。予期してかわすと、邪は後ろの建物に突っこんだ。崩れたところから、じゅうじゅうと黒紫の蒸気が上がる。

「やられる前にやってしまうよ！」

師匠は札を取りだして、がれきに埋もれた邪に素早く寄った。が、札を貼る寸前にムチのように尻尾《しっぽ》が飛んできて、それをギリギリ避けるだけで終わってしまう。

邪は体勢を立て直し、何度も突進を繰り返してくる。おれは師匠と一緒に、右に左にかわしつづける。

最初こそ、避けつづけていればいずれ仲間が駆けつけてくれるだろうと期待している自分もいた。が、邪の攻撃の精度が上がりはじめ、それまでもつ自信がなくなってくる。

どうすれば……。

師匠が口を開いたのは、そのときだった。

「……覚悟のときだね」

師匠はつづけた。

「私がこいつに札を貼る。あとのことは頼んだよ」

えっ、と思ったときには師匠は駆けだしていた。そして、離れたところで突っ立った。

「さあ、来な」

挑発するように笑った、その直後のことだった。

すきだらけの師匠に向かい、邪は勢いよく突進した。

師匠は邪の大きな口でとらえられ、そのまま壁にぶつかった。が、直前に札を貼ることに成功し、邪の動きが少し鈍った。

今しかないと、おれは恐怖を押し殺して邪に素早く近づき札を貼った。

これじゃあ足りない！

二枚、三枚と、ひたすら貼りつづけていく——。

気がつけば、手元の札はなくなりかけていた。邪は微動だにしなくなっていて、黒紫の蒸気を上げながら端のほうから徐々に崩れはじめていた。

呆然としている目の前で、邪はどんどん消えていく。

やがて完全に消滅したところで我に返り、倒れた師匠のもとに駆け寄った。

「よくやってくれたね……」

弱々しく言った師匠の身体からは、大量の黒紫の蒸気が上がっていた。もはや助からないことは明らかだったが、おれは言った。

「すぐに血清を！」

それには答えず、師匠は笑った。

「さあ、とっとと札を貼ってくれ」

「でも……！」

「貼らなければどうなるか、あんたもいま見たばかりだろう？」

いろいろな感情が頭をもたげ、激しく入り乱れた。

師匠との日々も次から次によみがえってくる。

貼れば、すべてが終わってしまう。でも、もし貼らなければ――。

やがて、おれは心を決めた。

「……分かりました」

「すまないね」

そうそう、と師匠はつづけた。

「あんたと一杯やるのは、あの人との時間くらいなかなか悪くないものだったよ」

こみあげるものをなんとか抑え、おれは札を取りだした。そして、どす黒く細長いものへと変わりはじめていた師匠の身体にそっと貼った。

瞬間、師匠は端から崩れはじめた。やがて、初めからそこには誰もいなかったかのように跡形もなく消え去った。

いつしか夜は明け、東の空に朝陽がのぼりはじめていた。

その光に照らされながら、おれはたまらずぴゅうっと口笛を吹いていた。音は静まりかえった街に響き渡るも、反応するものは何もない。

「来てくださいよ……」

声を上げずにはいられなかった。

「吹いたら来てくれるって言いましたよね⁉」

おれはさらに口笛を吹く。

ぴゅうぴゅうぴゅうぴゅう、吹きつづける。

邪さえも出ない朝焼けのなか。

いつか師匠が、ニヤリと笑いながら颯爽《さっそう》と駆けつけてくれるまで。

第十話　三日月ショー

水族館のイルカショーでずぶ濡れになる

残業ばかりの日々に、身も心も疲れ果てていた。

あーあ、癒《い》やされたいなぁ……。

そう切望していたある日のこと、仕事を終えて、私は遅い夜ごはんをとるために会社の最寄り駅の周りをうろついた。

うん？　と思ったのは、いつもとは違うエリアで食事をとって駅まで歩いていたときだった。

ふと視線をやった先に、同じ方向へ向かっている人たちがパラパラといることに気がついた。

そちらには、たしか水族館があるはずだった。そこは都会で本格的な展示が楽しめるらしい場所で、ずっと気になりながらも訪れたことはなかった。

もしかして、ナイトアクアリウムでもやってるのかなぁ。

時刻は23時を回っていて、寄り道するにはだいぶ遅い時間だった。でも、少しでも気分を変えたいという思いがわいて、私は足を向けてみることにした。

果たして、水族館は開いていて中に入ることができた。そして、そこに広がっていた光景に息をのんだ。

照明が落とされた空間のなか、それぞれの水槽はいつも以上に深い青をたたえていた。小魚が銀色の群れをつくってゆったり回遊していたり、クマノミがイソギンチャクに顔をうずめて眠っていたり、クラゲが夢見心地で漂っていたり……。

そのとき、ささやくような声で館内放送が流れてきた。よく聞き取れなかったけど、どうやら24時ちょうどから何かのショーがはじまるらしく、ほかの人のあとにつづいて足を運んでみることにした。

たどりついたのは大きなプールのあるステージで、私はすぐに合点した。

イルカのショーがはじまるんだな、と。

薄暗い客席はほとんどが埋まっていたけど、前のほうに空きを見つけて腰を下ろした。開けた頭上には満月がぽっかり浮かんでいて、最近は夜空を見上げる余裕もなかったなぁと心の中で苦笑する。

困惑したのは、その直後のことだった。

プールのほうに視線をやると、揺らめく水面の下で大きな何かが泳いでいるのが目に入った。シルエットこそイルカのような感じだった。でも、どういうわけかそれは黄金色《こがねいろ》に輝いていた。

トレーナーさんがステージ上に現れて、マイクを通して小さな声でこう言った。

「みなさんこんばんは。ようこそ、神秘の〝三日月ショー〟へ」

トレーナーさんは言葉を重ねた。

「今宵《こよい》は、どうかお静かに。最後までひっそりとお楽しみください。それでは登場してもらいましょう……三日月のルゥくんです」

その言葉に、私は混乱してしまう。

何を言ってるんだろう……。

けれど、次の瞬間、目を見開いた。

プールの中の黄金色の何かは勢いよく水から飛びだしてきて、空中で身体《からだ》をくるっと丸めた。

夜空に現れた黄金色の細長いカーブはまさに三日月そのもので、私は呆然《ぼうぜん》とする。

その黄金色の生き物はプールに落ちると、何度かジャンプを繰り返した。そのたびに夜空に三日月が現れ、目が釘付《くぎづ》けになる。

やがてトレーナーさんがホイッスルで合図を出すと生き物はジャンプをやめて、プールからあがってステージ上のトレーナーさんのそばに乗りあげた。身体を伸ばした姿は黄金色に輝くイルカを思わせたけど、その生き物には胸ビレも背ビレも尾ビレもなく、どうやって泳いでいるのかと疑問に思う。

そのとき、きっとご褒美《ほうび》なのだろう、トレーナーさんがバケツから淡く光る何かをつかんで差しだした。生き物には口がなさそうに見えるなか、ご褒美はイルカでいう口のあたりにすぅっと吸収されて消えていった。生き物は喜びを表すように、尻尾らしいもう片方の先っぽをパタパタさせる。

その姿に、私は胸がきゅぅっと縮んだ。

かわいい……！

そのうちトレーナーさんの合図があって、その生き物――いや、ルゥくんは、器用に身体を回転させたりくねらせたりしながらプールの中にざぶんと戻った。

おおっ、と思っていると、トレーナーさんが口を開いた。

「さて、お次はルゥくんがこちらを取ってきてくれます」

取りだしたのはフラフープで、トレーナーさんはプールのほうに投げ放った。ルゥくんはその場所まで泳いでいって、鼻の先にフラフープを引っかけた。そして、くるくる回しながらトレーナーさんのところまで戻っていって渡してみせた。

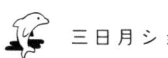

お見事なパフォーマンスに、私は拍手を送りたくなった。が、静かにするように言われたことが頭をよぎり、思いとどまる。

周りのみんなも、興奮した様子ながらも静かにショーを見守っていた。音楽も流れておらず、聞こえてくるのはトレーナーさんの小さな声とホイッスルの音、そしてルゥくんの立てる水の音くらいだった。でも、客席にはルゥくんを中心に不思議な一体感が生まれていた。

フラフープのパフォーマンスを何度か見せてくれたあと、トレーナーさんはまた別の合図をルゥくんに送った。

「さあ、つづいてはこちらです」

トレーナーさんがいたずらっぽく微笑《ほほえ》んだように見え、次は何を披露してくれるんだろうと期待が高まる。

その直後、ルゥくんが目の前でジャンプした。かと思ったら、水面にばしゃんと身体を打ちつけて、盛大に水しぶきを飛ばしてきた。

私は完全に油断していて、避ける間もなくずぶ濡《ぬ》れになった。

やられた……！

そう思いながらもイヤな気持ちはわいてこず、爽快感に包まれる。

ルゥくんはほかの客席にもどんどん水を飛ばしていった。みんな小さく悲鳴をあげるも、とても楽しそうに見える。

そこからも、ルゥくんはいろいろなパフォーマンスを披露した。水面から上半身をのぞかせて立ち泳ぎをしてみせたり。トレーナーさんを背中に乗せて、プールを一周してみせたり。

そのどれもに魅せられたあと、トレーナーさんが言った。

「さて、いよいよクライマックスです」

トレーナーさんが取りだしたのは、長い棒だった。先っぽには満月のようなボールがついていて、プールの真ん中あたりにそれを掲げた。

「ルゥくんには、こちらのムーンボールにタッチしてもらいたいと思います。果たして、成功させられるでしょうかっ」

ボールの位置はなかなか高くて、大丈夫なのかなとドキドキしてくる。トレーナーさんが合図を送り、ルゥくんはプールの底へともぐっていく。

直後、ルゥくんはロケットのような猛スピードで水面から飛びだしてきた。そしてそのまま一直線にボールへ向かうと、鼻の先でちょこんとタッチして水に落ちた。

「ルゥくん、見事成功ですっ」

ゆさゆさ揺れるボールを見ながら、私は「やった！」と心の中で歓喜する。

トレーナーさんがまた口を開いたのは、そのときだった。

「では、お次はさらに難しい挑戦です」

なんだろうと思っていると、トレーナーさんはなぜだかボールと棒を後ろに下げて、夜空に向かって手を差しだした。その先にあったのは本物の満月で、トレーナーさんは笑みを浮かべた。

「ルゥくんには、あちらの満月にタッチしてもらいましょう。みなさんも心の中で応援をお願いしますっ」

私は耳を疑った。

たしかに夜空に浮かんだ満月は、さっきのボールの位置よりもさらに上に吊《つ》るされているように目では見えた。が、実際の距離は当然ながらあまりに遠く、どう考えても物理的に不可能だと思った。

にもかかわらず、なんだかワクワクしはじめている自分がいた。この不思議な生き物ならば、満月にタッチするという離れ業もやってのけてしまいそうな予感がした。

けれど、結果はそうならなかった。

ルゥくんは今日一番のジャンプを見せたものの、あと少しというところで満月まで届かなかった。

「あぁーっ、残念ながら失敗でした。ちょっと高すぎたようですね。みなさん、ルゥくんのチャレンジに心の拍手をお願いしますっ」

周りを見ると温かな笑いが起きていて、私は悟る。さすがに今のは冗談で、お決まりのくだりみたいなものだったんだな、と。

とはいえ、ルゥくんの挑戦をたたえたくなり、心の中で拍手を送った。見せてくれたがんばりに、愛《いと》おしさもいっそう増した。

「これにて、本日のショーは終演となります。みなさん、ありがとうございました」

ルゥくんも水からあがり、ステージ上で尻尾を振ってバイバイした。

私も手を振り返し、大満足で席をあとにしたのだった。

帰り際、スタッフさんを見つけると、たまらず話しかけていた。

「ルゥくんのショー、すごくよかったです！」

ひとしきり感動を伝えたあとで、私は言った。

「でも、こんな生き物、初めて見ました……ヒレもないのに泳げるなんて、すごいですねぇ」

スタッフさんは、にっこり笑った。

「ふふ、それくらいは易々《やすやす》と。何しろ、月の子ですから」

「月の子……？」

「ええ、夜空の満月がまれに子供を海に産み落とすことがあるんですが、私たちはそれを月の子と呼んでいまして。形は三日月のほかにもいろいろあって、いずれの子も最初に産み落とされた形のまま海の中で過ごすんですが、月の子は野生では長く生きられないんです。かといって空にも昇れませんので、見つけしだい水族館で保護しているんですよ」

それから、とスタッフさんは言葉を重ねる。

「月の子は知性が高くて人懐っこくて、見られることも好きでして。中でも三日月はじっとしていられない性格で、満月の夜になると生みの親に反応して一段と活発になりますので、こうして月に一度、満月の夜にステージにあがってもらっているわけなんです」

にわかには信じられないような話だった。でも、ルゥくんのパフォーマンスを見た今なら、そういうこともあるのかもしれない……と思わされた。

私は言った。

「このあたりはときどき通るんですけど、こんな子がいることも、ショーをやってることも、全然知りませんでした……あんまり発信はしていないんですか？」

スタッフさんは微笑みながらうなずいた。

「月の子は騒がしいのが得意ではないので、ショーはご縁のあった方にのみ、ひっそりご覧いただいている形なんです」

たしかに発信すれば人が押し寄せてきて騒がしくなるのは確実で、ルゥくんへの配慮のことはもちろん、そんな状況はあの神秘的な光景にも似つかわしくないなと思った。個人的にも発信欲はわいてこず、もとより自分の中だけで大切にしておくつもりだった。

ご縁に感謝しなくちゃな。

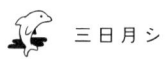

そう思いながら家路についた。

ルゥくんのショーにすっかり癒やされ充電されて、それからの私は内からパワーがみなぎってくるような感覚で仕事にのぞめるようになった。作業効率もおのずと上がり、残業は減った。夜空を見上げる精神的な余裕もできて、月が欠け、また満ちていく様子を観察するのが日々のちょっとした楽しみになった。

そして、次の満月の夜、私は仕事を終えるとショーを目当てに水族館を訪れた。

あの日のことは鮮明に覚えていたものの、夢を見ていたようでもあり、また会えるという確信は持てなかった。でも、プールに行くとちゃんと黄金色のシルエットが泳いでいて、私は一気に高揚した。

ルゥくんっ！

席にはまだ余裕があるなか、近くで見たくて、あえて最前列に腰を下ろした。

やがて三日月ショーがはじまって、前回同様、私はルゥくんの数々のパフォーマンスに魅了された。

水かけジャンプの場面では、元気いっぱいにこちらへ水を飛ばしてきた。今回はカッパを着ていたおかげでずぶ濡れにはならなかったけど、カッパ越しに水を感じるだけでも爽快感は十分あった。

クライマックスでは、鼻の先で危なげなくムーンボールへのタッチを決めた。

けれど、夜空の満月にタッチするという挑戦は、やっぱり成功には至らなかった。

私はルゥくんのがんばりに、心の中で精一杯の拍手を送った。と同時に、スタッフさんの言葉がよぎり、ほんのちょっぴり切なくもなった。

夜空の満月がルゥくんの生みの親であるなら、だ。そちらを目指して全力でジャンプする姿や、いくら挑んでも触れることさえできない現実に、なんだか感じるところがあった。

その一方で、勝手に感傷にひたっちゃダメだな、とも思った。ルゥくんの気持ちなんて、誰にも分からないのだから——。


それからも満月の夜が来るたびに、私は水族館に足を運んだ。

ルゥくんとのふれあい体験の存在を知ったのは、ある日のこと。すっかり顔なじみになったスタッフさんが教えてくれて、すぐに言った。

「行きたいです！」

その当日、仕事終わりに水族館を訪れると、スタッフさんがバックヤードに通してくれた。

外とつながる室内のプールでは、ルゥくんがゆったりと泳いでいた。

「なんだか、いつもよりおとなしいですか……？」

尋ねると、スタッフさんは笑って言った。

「満月の日に比べると多少はそうですが、なかなかやんちゃですよ。それはそうと、触ってみますか？」

「いいんですか⁉」

私がプールに近づくと、ルゥくんはすぐに寄ってきた。よく見ると黄金色の身体にはクレーターらしき模様がうっすらあって、おもしろいなぁと感じる。

あっ、と思ったのは次の瞬間だった。ルゥくんがいきなり尻尾を跳ねあげ、私は避ける間もなく水に濡れた。

「もうっ！」

全然おとなしくなかったと苦笑しながら、借りたタオルで身体を拭く。

気を取り直してもう一度ルゥくんに近づくと、今度はやんちゃをせずに触らせてくれた。ルゥくんの表面はすべすべで、押すとぷにぷにしていて心地よかった。

そういえば、と私は前から思っていたことを尋ねてみた。

「月の子って、ほかの形の子も存在してるんですよね？　ここにはいないんですか？」

「ええ、うちにはこの子だけですね。あとはみんな海外です」

「ほかの形の子たちは、どんな感じなんですか？」

「大きさはだいたいおんなじで、見た目以外の分かりやすい違いは泳ぎ方です。満月に近い月の子はマンボウのようにゆったりと、新月に近い月の子はリュウグウノツカイのようにくねくねと泳ぎますね」

私は、へぇぇ、と感心する。

そのあとで、ごはんをあげる体験もさせてもらった。

月の子が食べるのはショーのご褒美であげていたのと同じ、月光を蓄えられるというプランクトンだった。私は淡く光るそれをひとつかみすると、ルゥくんのほうに差しだした。ルゥくんが口を寄せると、プランクトンはすぅっと吸いこまれて消えていった。

「どう？　おいしい？」

声をかけると、ルゥくんはもっと欲しいという仕草を見せた。

「ごめん、今日は体験だから一回だけなんだー。またあとでもらってね」

すると、一瞬の間が空いた。

その直後、ルゥくんは尻尾で水をかけてきた。が、今度は察知して避けられた。

「同じ手は通じないから！」

ルゥくんは悔しそうな様子で、ぷいっと顔をそむけて泳ぎ去る。

えっ、と混乱に陥ったのは、数か月ほどたったある日のことだった。

満月の夜、いつものように水族館を訪れると、プールの入り口にショーの中止を知らせる看板が立っていた。奥のプールには水族館の人たちが集まっていて、気になってそわそわしていると、なじみのスタッフさんと出くわした。

「あの、これは……」

「じつは、ルゥくんの調子が悪くて……ここ数日、ごはんを食べていないんです」

絶句していると、スタッフさんはつづけた。

「原因がよく分からず、精密検査をすることになりまして……ちょうど今から病院に運ぶところなんですよ」

心配が膨《ふく》らむなか、プールのほうで運搬作業がはじまった。

ルゥくんは、クレーン車の先についた担架で引き揚げられた。その姿は遠目にも明らかに痩せていて、胸が張り裂けそうになる。

ルゥくんはそのままコンテナに入れられ、運ばれていった。

私は見送りながら、切に祈った。

なんとか無事でいてほしい――。

ルゥくんの様子が分かったのは、一週間ほどたった頃のことだった。

何をしていても落ち着かず、私は毎日のように水族館を訪れていた。そんな折に、スタッフさんがこう教えてくれたのだ。

「体調を崩していた原因は、感染症だったようです。ですが、今はすっかり元気になって、もうすぐ戻ってくる予定ですよ。今後の経過しだいではありますが、そう遠くないうちにショーも再開できそうです。今もじっとしていられなくて、病院の方も大変なようでして」

笑いながら、よかった、と心から思った。ルゥくんの健康を願いつつ、その日が待ち遠しくなる。

ショーが再開したのは、次の次の満月の夜だった。

その日、私は仕事を終えてすぐに水族館を訪れた。足早にプールに向かうと、黄金色に輝く存在がそこにいた。

「ルゥくん！」

思わず声をあげたときだった。私は、あれっ、と違和感を覚えた。近くを泳いでいったルゥくんの体つきが、前よりよくなったように思えたのだ。

最後に見たときに痩せてたから、錯覚かな……。

そう思っていたけれど、やってきたスタッフさんに尋ねてみると笑いながら教えてくれた。

「さすが、よく見ていらっしゃいますね。まさに二回りほど大きくなりまして。回復したら以前にも増してよく食べてよく動き回るようになって、ずいぶんたくましくなりました」

そういうことか、と微笑ましい気持ちに包まれる。

やがてショーがはじまって、私は最前列でパフォーマンスを見守った。

最初にルゥくんは、ご挨拶がわりに三日月形のジャンプを披露した。その光景を目にしたとたん、ルゥくんが無事に戻ってきたという実感が急にわいてきて、熱いものがこみあげた。

視界はどんどんにじんでいって、私は思う。

こんな形でも、ずぶ濡れにさせられることがあるんだなぁ……。

その後のパフォーマンスは、きっと身体が大きくなったからだろう、これまで以上にパワフルだった。水かけジャンプでは大量の水を客席に飛ばし、私も存分に楽しませてもらう。

そして、クライマックス。

トレーナーさんの掲げたムーンボールに、ルゥくんは楽々といった感じでタッチした。

すごいなぁと思っているなかボールはしまわれ、いよいよ最後のパフォーマンスの時間になる。

トレーナーさんはいつもの通り、夜空で輝く満月を指して笑みを浮かべた。

「ルゥくんには、あちらの満月にタッチしてもらいましょう。みなさんも心の中で応援をお願いしますっ」

合図があって、ルゥくんはプールの底のほうへともぐっていく。

その直後、黄金色の巨体が猛スピードで水面から飛びだしてきた。ルゥくんは一直線に夜空を昇り、ぐんぐん高さを増していく。

目を見開いたのは、次の瞬間のことだった。

ウソ……!?

呆然としていると、ルゥくんがプールに落ちてきた。

我に返って歓喜の声をあげたくなるも、静かにしなきゃとなんとかこらえる。

私は改めて天を見つめる。誇らしさもこみあげてくる。

とうとうやったね――。

ルゥくんが披露した鼻先での見事なタッチで、夜空の満月はゆさゆさと右に左に揺れていた。

to be continued…?

Profile

田丸雅智（たまる・まさとも）

1987年、愛媛県生まれ。東京大学工学部卒、同大学院工学系研究科修了。2011年、『物語のルミナリエ』に「桜」が掲載され作家デビュー。'12年、樹立社ショートショートコンテストで「海酒」が最優秀賞受賞。「海酒」は、ピース・又吉直樹氏主演により短編映画化され、カンヌ国際映画祭などで上映された。坊っちゃん文学賞などにおいて審査員長を務め、また、全国各地でショートショートの書き方講座を開催するなど、現代ショートショートの旗手として幅広く活動している。書き方講座の内容は、'20年度から小学4年生の国語教科書(教育出版)に採用。'21年度からは中学1年生の国語教科書(教育出版)に小説作品が掲載。中学2年生の国語教科書(教育出版)の単元「連作ショートショートを書く」も監修する。'17年には400字作品の投稿サイト「ショートショートガーデン」を立ち上げ、さらなる普及に努めている。著書に『海色の壜』「おとぎカンパニー」シリーズなど多数。近著に『白線以外、踏んだらアウト』などがある。メディア出演に『情熱大陸』『SWITCHインタビュー達人達』など多数。

田丸雅智　公式サイト
https://masatomotamaru.com/

本作品はすべて書下ろしです。

いつ？何《なん》時《じ》何《なん》分《ぷん》何《なん》秒《びょう》？
地《ち》球《きゅう》が何《なん》回《かい》まわったとき？

2025年4月30日　初版1刷発行

著　者　田丸《たまる》雅智《まさとも》

発行者　三宅貴久

発行所　株式会社 光文社
〒112-8011 東京都文京区音羽1-16-6

電　話　編集部　03-5395-8254
書籍販売部 03-5395-8116
制作部　03-5395-8125

URL　光文社 https://www.kobunsha.com/

組　版　萩原印刷

印刷所　堀内印刷

製本所　ナショナル製本

ISBN978-4-334-10625-6

令和じゃ妖怪は生きづらい

現代ようかいストーリーズ　田丸雅智

妖怪たちが
大活躍!

突然やって来たセールスマン。ぬりかべ派遣サービスって一体!?（「壁とともに」）なぜかひとつ多い既読数。まるでストーカーのような妖怪とは?（「いた」）先輩と訪れた料理店。ピンク色した謎の肉料理にハマった男性は……。（「N肉」）河童や座敷童子、かまいたちなど、おなじみの妖怪たちが現代社会を舞台に大活躍！ ブラック&ユーモアがたっぷり詰まった全12編のショートショート集。

●定価：本体780円+税（文庫判）
『おとぎカンパニー　妖怪編』を改題

怪物なんていわないで

田丸雅智

世界の
モンスター
登場!

ここは競天馬場。人々はペガサスのレースに熱狂して……。(「天翔ける」) 力みなぎるエナジードリンク。その力に頼りすぎると……。(「Wolf」) やっと進んだ最終面接、でも社長の頭は三つあって!?(「会社の番人」) ペガサスや、地獄の番犬ケルベロス、吸血鬼や狼男など世界のモンスターが登場! ユーモアやシニカルに活躍する10編を収録する大人気シリーズ第4弾!

好評
発売中

●定価:本体740円+税(文庫判)
『おとぎカンパニー　モンスター編』を改題

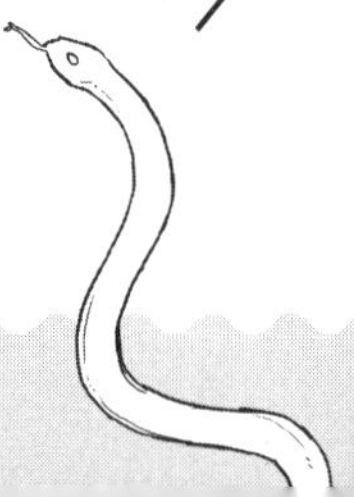

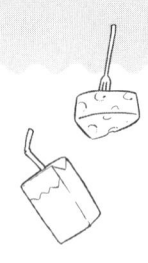

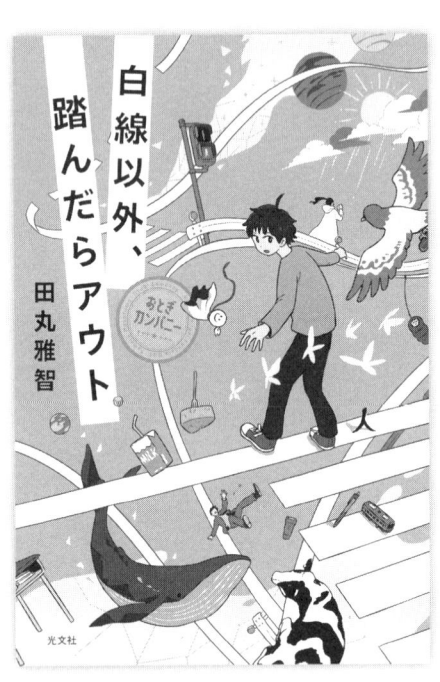

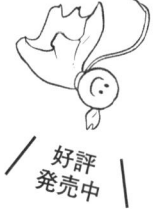

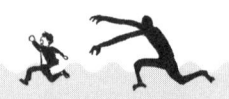